WUNDERRAUM
Lesen ist ankommen.

Von Anita Dez. 2025

WLADIMIR KAMINER

Schöne Bescherung

Wladimir Kaminers
Wintergeschichten

WUNDERRAUM

Inhalt

Der Weihnachtsbaum aus Berlins Kifferwald

Im sowjetischen Sozialismus erzogen und später nach Deutschland übergesiedelt, konnten wir nicht wirklich etwas mit dem Weihnachtsfest in Berlin anfangen. Wir stellten zwar immer einen Weihnachtsbaum in die Wohnung, wobei mein Sohn Sebastian jedes Jahr penibel darauf achtete, dass der Baum größer und höher war, als er sein sollte. Und wir veranstalteten jedes Jahr in der Volksbühne eine Russendisko, damit alle Berlinerinnen und Berliner, die keine Lust auf Entenessen hatten und Ende Dezember nicht zu ihren Familien nach Bielefeld oder Mannheim gefahren waren, einen Ort zum Tanzen hatten. Als Russland über die Ukraine herfiel, überlegte sich die Leitung der Volksbühne, den Titel unserer Veranstaltung zu ändern. Das Feuer des Krieges warf einen mächtigen Schatten auf alles Russische, das R-Wort bekam auf einmal eine merkwürdige Doppelbedeutung. Russendisko? Die Russen fuhren mit ihren Panzern ins Nachbarland, töten dort Menschen und zerschossen ukrainische Städte zu Staub, in ihrer Freizeit aber tanzten sie auch noch.

»Wie können wir deine Party umbenennen?«, fragte mich die Theaterleitung.

»Nennt sie von mir aus ›Ukrainedisko‹«, antwortete ich. Wir hatten sowieso schon immer viel ukrainische Musik im Programm. Doch für eine Ukrainedisko verkaufte das Theater nicht genug Karten. Niemand wusste, was das sein sollte, alle kannten nur die Russendisko. Also beschlossen wir, gar keine Disko zu veranstalten und ausnahmsweise Weihnachten auf Deutsch zu feiern. Zu diesem Zweck fragte ich in meinem Freundeskreis, was eigentlich der Sinn und Zweck dieses Festes war. Was machte man den ganzen Abend, außer Ente zu essen?

Der Sinn und Zweck des Festes sei es, einander zu beschenken, die Geschenke auszupacken und mit ihnen anzugeben, klärte mich mein Freund Markus auf: »Wir sind eine fünfköpfige Familie und geben uns Mühe, dass zu Weihnachten jeder mindestens zehn gut verpackte Geschenke bekommt. Dann dauert allein das Auspacken schon den halben Tag«, erzählte er. »Dabei versucht man, für jeden etwas Überraschendes zu finden, was der Beschenkte nicht unbedingt braucht. Auf diese Weise sind die Familienmitglieder den Rest der Zeit damit beschäftigt, Geschenke, mit denen sie nichts anfangen können, gegen passendere zu tauschen.«

Mir gefiel dieses Konzept. Auch wir waren eine fünfköpfige Familie, und keiner von uns wusste, was er wirklich brauchte, außer Sebastian, der alles brauchte. Aber schon bald geriet ich ins Grübeln. Woher die Geschenke nehmen? Bei uns wurden sämtliche Familienmitglieder auch während des Jahres dauernd beschenkt, als würde in Berlin ein unsichtbarer Weihnachtsmann die ganze Zeit durch die Gegend laufen und ständig an unsere Tür klopfen. Oft mit überraschenden Gaben im Gepäck. Über Berlin sagt man, es sei eine Stadt im Wandel, manchmal fliegen hier Geschenke durch die Gegend, deren wahre Natur man erst später erkennt.

In unserem speziellen Fall hatte das Geschenk mit dem Wind der Veränderung zu tun, der permanent in Berlin weht. Vielleicht sind Menschen hier auch seinetwegen so oft erkältet, weil sie permanent und schutzlos dem Wind der Veränderung ausgesetzt sind. Was waren wir hier nicht schon alles: »arm, aber sexy«, »Partystadt«, »Dönerhochburg« und »Kiffer-Metropole«. Berlin hört auf viele Namen, und die Bürger passen sich an. Zuerst meckern sie natürlich – »Was soll das mit dem ›arm und sexy‹! ›Reich und sexy‹ ginge doch auch. Und wozu diese Partys? Da gehen doch sowieso hauptsächlich Touristen hin. Die Döner sind viel zu teuer, und kiffen brauchst du in Berlin gar nicht. Du musst nur auf die Straße gehen und einmal tief einatmen, dann hast du schon den Kick.« Aber die Berliner meckern immer. Der Wandel ist unaufhaltsam, der Wind weht.

Eines Tages im Frühling wehte der Wind der Veränderung uns eine neue Pflanze auf den Balkon. Etwas Seltsames hob sich zwischen Mamas Geranien in die Höhe und drückte sie mit einer solchen Selbstverständlichkeit zur Seite, als wollte die Pflanze sagen: »Hallöchen, da bin ich!« Sie kam uns in der Tat bekannt vor. Mein Sohn studierte das Gewächs aufmerksam, und der Form der Blätter nach zu urteilen, war es eine Cannabispflanze. Wir gaben ihr den russischen Namen Marihuana Ivanna. Mein Sohn, der sich nie groß für die Pflanzenwelt interessiert hatte und auch zu Menschen und Tieren eine eher kritische Haltung einnahm, entwickelte auf einmal eine unglaublich innige Beziehung zu der Pflanze. Er kaufte ihr extra einen Topf, düngte die Erde, kam jeden Tag zwei Mal zum Gießen und unterzog sie einer Wurzelbehandlung. Noch nie hatte ich Sebastian dermaßen an einem anderen Wesen interessiert gesehen. Er las im Internet jede Menge Texte, besorgte sich Ratgeber über den richtigen Umgang mit Cannabis, schnitt Marihuana Ivannas überflüssige Triebe und tränkte ihre Blätter mit einem vitaminreichen Stoff, den er extra im Internet bestellt hatte. Es war eine Liebe auf Gegenseitigkeit. Die Pflanze wuchs wie verrückt und verwandelte sich langsam in einen Baum. Bald war ihr auch der neue Topf zu klein, und Sebastian kaufte den größten, den er finden konnte. Im Herbst war Marihuana Ivanna schon einen Kopf größer als mein Sohn. Sie sah supergut aus. Sebastian blühte auf. Wir wunderten uns nicht schlecht über seinen Wandel. War das die Liebe? Er hatte zwar schon ab und zu eine Freundin gehabt, doch zu keiner hatte mein Sohn jemals eine solch innige Beziehung voller Zärtlichkeit und Verständnis entwickelt.

Mitte Oktober sollte Marihuana Ivanna dann Blüten bilden, es passierte aber nichts. Sebastian machte sich Sorgen. In seiner Verzweiflung lud er einen Cannabis-Experten zu uns auf den Balkon ein. Der untersuchte unsere Marihuana Ivanna eingehend und erklärte dann, sie sei ein Männchen. Für meinen Sohn war das ein harter Schlag. Verständlich. Wie fühlte sich jemand, der ein halbes Jahr bemüht war, eine dauerhafte Beziehung aufzubauen, etwas Ernsthaftes mit weitreichenden Zukunftsplänen, um dann plötzlich festzustellen, dass die Angebetete ein Männchen war. Mich erinnerte diese Situation an den Film *Manche mögen's heiß*, wo die Braut ihrem Hals über Kopf verliebten Freund am Ende offenbart: »Ich bin ein Mann.« Was sagt man dazu? Nobody is perfect, wie der Freund im Film. Sebastian ließ sich nichts anmerken, und wir haben auch keine Witze über unseren Sohn gemacht. Wir wollten seine Gefühle nicht verletzen.

»Nichts für ungut«, sagte Sebastian. »Dafür haben wir jetzt einen eigenen Weihnachtsbaum.«

Doch in seinen Augen sah ich, die Liebe war erloschen.

Was taugen junge Weihnachtsmänner von heute gegen das alte Väterchen Frost?

Ob Väterchen Frost und der Weihnachtsmann verwandt beziehungsweise zwei unterschiedliche Leute seien, fragten mich meine Kinder neulich. Auf diese Frage hatte ich keine einfache Antwort parat. Soweit ich mich erinnern konnte, war das Väterchen – oder auf gut Russisch »Opa Frost« – trinkfester als sein europäischer Kollege. In der Sowjetunion schaute er zusammen mit seiner Freundin Schneeflöckchen einmal im Jahr bei uns vorbei, nämlich am Abend des einunddreißigsten Dezembers. Die beiden waren vom Betrieb meines Vaters beauftragt, allen Mitarbeitern, die Kinder hatten, einen Besuch abzustatten und eine Tüte mit Schokolade und anderen Süßigkeiten zu überreichen. Außerdem musste Opa Frost einen auf das Wohl der Familie trinken. Das Schneeflöckchen hatte die Aufgabe, auf Opa Frost aufzupassen, damit er gerade stand und nicht herumtorkelte.

Als Erstes besuchten die beiden die Familie des Direktors, dann seines Stellvertreters, anschließend die des Buchhalters und schließlich die Familie des Leiters der Parteizelle. Mein Vater war als stellvertretender Leiter der Abteilung Planwesen ein ziemlich wichtiger Mann im Betrieb. Unsere Familie stand also auch ganz oben auf der Liste von Opa Frost, auf jeden Fall unter den ersten zwanzig Adressen. Trotzdem konnte er bei uns schon kaum noch sprechen. Wir wohnten im fünften Stock in einem Haus ohne Fahrstuhl, und man hörte Opa Frost schon im Treppenhaus fluchen, wie er mit seinem Sack gegen die eine oder die andere Tür knallte.

»Na, Boris, geht's noch?«, fragte ihn mein Vater.

Opa Frost hatte eine Plastiknase ohne Nasenlöcher, sein Bart war schräg um den Hals gewickelt, ein Teil davon steckte in seinem Mund.

»Viel Freude für Ihre Familie«, flötete Schneeflöckchen bei ihrer Ankunft.

»Ich glaube, ich muss mich erst mal setzen«, sagte Opa Frost und nahm im Korridor auf unserem Schuhschrank Platz. Das Herumsitzen in der warmen Wohnung tat Opa Frost aber nicht gut. Er sprang auf und rief: »Wo ist das Kind?«

Meine Eltern schoben mich nach vorne.

»Na du, Junge, wie heißt du? Sehr gut, Wladimir. Hier ist etwas zum Knabbern für dich!«

Opa Frost übergab mir eine zerknitterte Tüte aus seinem halb leeren Sack, trank mit meinem Vater im Stehen einen Wodka, rülpste, drehte sich um und lief die Treppe wieder runter. Schneeflöckchen hinter ihm her.

»Nicht so schnell, Boris, ich möchte nicht, dass wir wieder im Krankenhaus landen wie letztes Jahr«, schrie sie.

»Scheiß drauf, die Kinder warten«, röchelte Opa Frost.

Ich hielt ihn damals für einen Beamten, einen weiteren Diener des Staates, der wie die Polizisten auf der Straße oder die Lehrer in der Schule zwar unangenehm, aber unvermeidlich war.

Hier in Europa ist alles viel komplizierter organisiert. Im Dezember sind hier gleich mehrere Männer mit Säcken unterwegs. In Holland zum Beispiel sind es drei: Am fünften Dezember wird der Sinterklaas zusammen mit dem Zwarten Piet, dem Schwarzen Mann, erwartet. Letzterer spielt die Rolle des Schneeflöckchens. Früher mussten sich die holländischen Pieter ihr Gesicht extra mit Ruß einschmieren, um realistisch zu wirken; seitdem sie viele Mitbürger aus Surinam haben, ist das jedoch nicht mehr nötig. Beide kommen laut der Legende aus Madrid, sie sammeln Stroh und Mohrrüben für ihre Rentiere, und der Zwarte Piet wirft den artigen Kindern die Geschenke durch den Kamin. Die unartigen Kinder werden dafür zur Bestrafung nach Madrid verschleppt. Ihre Eltern ziehen dann freiwillig nach. Zu Weihnachten kommt noch der Weihnachtsmann, Santa Claus, der aber in Holland keine Geschenke verteilt und nur so durch die Gegend fliegt, manchmal fährt er den *Coca-Cola*-Truck.

In Deutschland sind Sankt Nikolaus und Santa Claus fast Klone. Sie haben oft die gleichen Geschenke und sind deswegen im kollektiven Bewusstsein der Kinderbevölkerung zu einer Figur verschmolzen: der des Weihnachtsmannes. In Berlin werden die meisten Weihnachtsmänner von der studentischen Arbeitsvermittlung engagiert. An manchen Dezemberabenden kann man zwei bis drei gleichzeitig in einem U-Bahn-Waggon erwischen, wie sie hin und her durch die Stadt pendeln. Einige rülpsen laut in den Sack. Wenn diese junge Weihnachtsmänner lange genug unterwegs sind, können sie sogar dem alten Opa Frost Paroli bieten.

Stirb langsam

Am späten Heiligen Abend, im Grunde war es bereits die Heilige Nacht, kurz nach Mitternacht, gab das Handy meiner Frau Olga ein kleines Klingeltonkonzert. Sie ging ran, und ihre beste Freundin, ebenfalls eine Olga, schluchzte in den Hörer, ihr Kater sei nach seiner langen Krankheit so etwas wie fast ganz tot.

Olga wohnte in Friedrichshain zusammen mit ihrer Tochter Melanie und einem sehr alten Kater namens Johann Wolfgang. Seinen Namen hatte er wegen der angeblichen Ähnlichkeit mit dem größten deutschen Dichter aller Zeiten bekommen, ich konnte allerdings diese Ähnlichkeit nicht erkennen. Der Kater war die letzten hundert Jahre seines Lebens schwer krank und lag wegen fortschreitender Altersschwäche, Epilepsie und Diabetes permanent im Sterben. Es war jedem schon lange klar, Johann starb, aber er tat es sehr langsam. Er lag nicht einmal richtig im Sterben, sondern wackelte im Sterben von Zimmer zu Zimmer, kippte an jeder Ecke um, rappelte sich hoch, erbrach sich auf den Teppich und machte für Katzen ungewöhnliche Geräusche. Er pfiff, kicherte und grunzte. Zweimal am Tag bekam er von seiner Besitzerin Olga eine Insulinspritze und versuchte dabei, mit letzter Kraft die heilende Hand zu beißen.

Das langsame Sterben von Johann Wolfgang war ein trauriger Anblick und bescherte Olga und ihrer Tochter große seelische Schmerzen. Wie Bruce Willis im gleichnamigen Film inszenierte sich der Kater als Held und wollte in der Öffentlichkeit leiden. Anstatt sich eine dunkle Ecke in der Wohnung zu suchen, das Maul zur Wand zu drehen, dort nach »Mehr Licht!« zu rufen oder bloß ein letztes Mal zu miauen und in Würde die Augen zu schließen, ging Johann Wolfgang auf Olga und ihre Tochter zu, schaute beiden Frauen mit seinen großen dunklen Augen direkt in die Seele, kotzte dabei und pinkelte unter sich. Die Tierärzte, die den Kater jeden Monat untersuchten, verdienten sich dumm und dämlich an ihm.

Am späten Heiligen Abend packte der Tod den Kater aber schließlich am Kragen, berichtete Olga. Plötzlich rannte Johann Wolfgang kreuz und quer durch die ganze Wohnung wie verrückt, versuchte, aufs Fensterbrett zu springen, fiel um, stand auf, ging in die Küche und fiel dort erneut um, mit dem Gesicht in die Schale mit Trockenfutter. Danach stand er nicht wieder auf, atmete aber noch. Olga konnte diesen Anblick nicht ertragen. Dabei konnte sie nicht einmal die diensthabende notärztliche Tierarztpraxis ausfindig machen, die am Heiligen Abend in Berlin geöffnet hatte. Ihr Internetanschluss war ausgefallen. Sie bat also meine Frau um Hilfe. In einer solchen Notsituation kann niemand Nein sagen. Also ermittelte meine Frau den tierärztlichen Notdienst – er befand sich am Ende der Welt, in Marzahn –, nahm sich ein Taxi, fuhr nachts zu ihrer Freundin nach Friedrichshain, lud sie und den Kater in den Wagen, und weiter ging es nach Marzahn.

In der tierärztlichen Praxis herrschte eine frohweihnachtliche Stimmung. Das Wartezimmer war überfüllt mit Tieren, die typische weihnachtsbedingte Unfälle und Verletzungen hatten. Zwei niedliche Kätzchen, die vom Weihnachtsbaum genascht hatten und denen nun große bunte Bündel von Lametta aus den Hintern raushingen. Wenn aber die Besitzerin ihren Kätzchen das Lametta aus dem Arsch ziehen wollte, fingen beide sofort an, elendig zu jodeln. Anscheinend hatte sich das Lametta im Inneren der Katzen um irgendwelche wichtigen Organe gewickelt.

Außer den Katzen gab es Papageien, die sich an

Weihnachtskerzen verbrannt hatten, und runde Meerschweinchen, die allem Anschein nach etwas Großes, Flaches und Quadratisches gefressen hatten und nun geröntgt werden mussten. Ich tippte auf Adventskalender. Neben den Meerschweinchen saß ein gut gewachsener Hund mit gebrochenem Bein, der wahrscheinlich in den Tannenbaumhalter getappt war.

Die lange Fahrt nach Marzahn hatte Johann Wolfgang gutgetan. Wie so vielen Patienten ging es auch ihm beim Anblick des Arztes plötzlich besser. Die Tierärztin untersuchte ihn kurz und meinte, es sei alles gar nicht so schlimm, der Zucker spiele ein wenig verrückt, aber mit der richtigen Behandlung, am besten stationär, würde der Kater problemlos noch weitere hundert Jahre schaffen. Die Untersuchung kostete hundertfünfzig Euro, die Medikamente hundertvierzig, und jeder Tag auf der Station zusätzlich fünfzig Euro.

»Können Sie dem Kater nicht vielleicht eine Erlösungsspritze geben?«, erkundigte meine Frau sich unverblümt bei der Ärztin, als ihre beste Freundin einmal kurz mit dem Kater rausgegangen war. »Das Tier zieht das letzte nicht vorhandene Geld aus der Familie und macht mit seinem langsamen Sterben alle Menschen in seiner Umgebung unglücklich, traurig und depressiv. Es ist eine Qual für seine Besitzer und sich selbst geworden und würde bestimmt selbst den Freitod wählen, wenn es mündig wäre.«

Die Ärztin war darüber mehr als empört. »Wie können Sie es wagen!«, rief sie. »Müssen wir jetzt etwa alle Lebewesen töten, die Ihre Freundin traurig oder irgendjemanden depressiv machen? Wenn ich Ihrer Logik folge, dann müsste ich jedes zweite Tier, das in meine Praxis kommt, sofort umbringen. Aber ich bin kein Mörder, ich bin Tierärztin, mein Beruf ist es zu heilen, nicht zu vernichten. Jedes Leben ist ein Wunder der Natur und darf auch nur von der Natur wieder genommen werden. Glauben Sie mir, dieser Kater wird uns alle überleben, er muss nur auf seinen Zuckerspiegel aufpassen!«, sagte die Ärztin noch zum Abschied und zwinkerte optimistisch.

Nachts fuhren die beiden Olgas mit Johann Wolfgang nach Friedrichshain zurück, durch die dunkle schneelose Weihnachtsstadt. Die Frauen schwiegen. Die eine dachte darüber nach, wie sie ihrer Mutter erklären konnte, dass sie schon wieder kein Geld mehr besaß, obwohl sie sich doch gerade letzte Woche welches bei ihr geliehen hatte; die andere dachte darüber nach, wie sie ihrem Mann glaubwürdig erklären konnte, dass sie die ganze Heilige Nacht in einer Tierarztpraxis in Marzahn mit einem Kater verbracht hatte. Der Kater selbst verlor keine Zeit für irgendwelche Gedanken, er schnurrte und machte daneben während der ganzen Fahrt komische Geräusche: Er grunzte, kicherte, nieste und bereitete sich auf ein langes glückliches Leben vor.

Deutscher Stollen russischer Prägung

Meine Mutter ist eine Kennerin der russischen Küche. Im kalten Moskau kam sie dank ihrer Expertise und trotz sozialistischer Versorgungslücken gut über die Runden. In Berlin jedoch kann man mit russischem Essen nicht punkten. Jede Volksküche ist tief in der Geschichte ihres Landes verankert, mit dessen Geografie und Klima gut gewürzt. Die Italiener, die Sonntagskinder Europas, wollen zum Beispiel mit minimaler Anstrengung eine maximale Anzahl von Freunden glücklich machen, deswegen kochen sie Nudeln. Japaner sind von Wasser umgeben, die Feuchtigkeit sitzt ihnen in den Knochen, das Holz ist immer nass. Es kostet also große Mühe, jedes Mal fürs Kochen Feuer zu machen, deswegen rollen sie Sushi.

Die russische Küche hat eine ganz andere Ausgangssituation: Man stelle sich eine große Armee vor, die sich auf ihre letzte entscheidende Schlacht vorbereitet. Die Soldaten prüfen ihre Gewehre, die Generäle ihre Karten.

Sie wissen, viele von ihnen werden aus der Schlacht nicht zurückkommen. Bevor sie aber in den Tod ziehen, müssen sie das letzte Mal vollgefüttert werden, bis sie nicht mehr laufen können. Ich gebe zu, da liegt ein Widerspruch in der Sache. Wie sollen Menschen mit vollem Magen kämpfen? Die übertrieben üppige Mahlzeit mindert eigentlich die Wehrhaftigkeit jeder Armee. Nun sind aber alle Küchen der Welt voller Widersprüche, warum sollte die russische eine Ausnahme sein.

Ein typisches Gericht dieser Küche wird wie folgt gemacht: Zuerst wird quer durch alle Regale eingekauft, das Eingekaufte auf dem Küchentisch ausgebreitet und klein geschnitten. Gemüse auf meiner Frühstückszeitung, Fleisch auf dem Holzbrett. Dann wird das Ganze in eine Pfanne geworfen, mit Zwiebeln und Speck kurz angebraten, gewürzt und in einem großen Topf auf kleiner Flamme zwei Stunden lang geschmort. Je nach Konsistenz kann man das fertige Gericht als Suppe, Gulasch, Chili con Carne oder sogar Ratatouille bezeichnen. In Berlin wird man von der russischen Küche schnell müde. Wir haben hier keinen Krieg, und in Friedenszeiten möchte man etwas Leichtes, Fruchtiges, Europäisches essen, zum Beispiel einen Salat.

Die Enkelkinder haben sehr unterschiedliche Vorlieben. Manchmal sind sie Vegetarier, dann wieder wollen sie doch Fleisch, aber nur aus biologischem Anbau von glücklich verstorbenen Tieren. Sie können sich nicht einmal einen Salat normal teilen. Der Junge mag nur Tomaten, das Mädchen nur Gurken, am besten aber solche, die tomatig schmecken. Also löffeln sie aus jedem Salat das Passende für sich heraus.

»Könntest du, Oma, wenigstens zu Weihnachten, wenn du schon so große Lust zu kochen hast, vielleicht etwas Europäisches machen?«, fragten sie.

Mama war flexibel, sie sagte okay. »Ich kann natürlich auf meine Kochtraditionen verzichten und ein typisch deutsches Gericht für euch machen.« Sie recherchierte im Netz, was die Deutschen am liebsten zu Weihnachten aßen, und stieß auf Hunderte von Stollenrezepten. Die Deutschen drehen bekanntlich durch mit ihrem Stollen. Es gab mehr patentierte Zubereitungsvarianten als Bundesbürger, und jeder Sachse glaubte, das Rezept für Dresdner Stollen sei seiner Oma persönlich gestohlen worden.

Mama fischte schnell das üppigste Rezept heraus, ging einkaufen und breitete auf dem Küchentisch die Zutaten aus: Mehl, Zucker, Eier, Butter, kandierte Orangen- und Zitronenschalen, helle und dunkle Rosinen, Zuckerkirschen und Preiselbeeren. Dazu kamen süße Mandeln, Macadamien und Walnüsse. Sie goss

100 Gramm guten Cognac in eine Schale, legte die gezuckerten Früchte und die Nüsse für eine Stunde darin ein, wie es im Rezept stand, und sah sich in der Zwischenzeit die russische Serie *Die Monster der Revolution* in Ruhe zu Ende an.

Die Tochter kam in die Küche, sah die Rosinen und die kandierten Früchte und pickte sie aus der Schale heraus. Der Sohn kam, sah die Nüsse und aß sie sofort auf. Ich kam ebenfalls in die Küche – die Schale mit Cognac wirkte sehr einladend. Ich schaute auf die Uhr, es war Viertel nach sechs. Also genehmigte ich mir einen guten Schluck. Um sieben Uhr waren *Die Monster der Revolution* zu Ende. Mama kam in die Küche, schaute sich den Stollen an, trank den Rest des Cognacs, legte die Eier und die Butter zurück in den Kühlschrank, Mehl und Zucker in die Schublade.

»Und? Hat euch mein Stollen geschmeckt?«, fragte sie uns abends.

»Es war der beste Stollen unseres Lebens!«, sagten alle unisono. »Schon lange nicht so viel Spaß am Essen gehabt! Bitte mehr davon, am besten das ganze Jahr über, nicht nur zu Weihnachten!«

Überstunden in Berlin

Auf alten Fotos sieht Olgas Verwandtschaft so unecht aus, als wären diese Menschen zuerst gemalt und dann abfotografiert worden, so streng und ehrwürdig schauen sie. Es sind Männer mit großen Schnurrbärten und traurigen Augen, die Dolche an den Gürteln tragen, und große Frauen mit Kopftüchern, die niemals lächeln. Dutzende stehen in einer Reihe, und beim Blick auf diese »Familie« denkt man eher an eine gut bewaffnete Spezialeinheit als an die liebe Verwandtschaft.

Die Vorfahren meiner Frau waren Kosaken, Menschen, die ihre Freiheit und Unabhängigkeit über alles schätzten und deswegen permanent vor dem Staat wegritten. Anders als seine europäischen Kollegen, die ihre Sklaven von weit herholten, betrieb der russische Zar, ob aus Faulheit oder Reiseverdrossenheit, die innere Kolonialisierung seines Landes. Er versklavte die eigenen Bürger nach damals geltendem Leibeigenenrecht. Während die Europäer oder Amerikaner durch die halbe Welt reisten, um andere Menschen zu kaufen, kolonialisierten die Russen sich selbst. Sicher war es für die Gutsbesitzer und Staatsdiener eine Herausforderung, eine moralische Begründung für diese Schweinerei zu finden. Amerikaner und Europäer hatten es da leichter. Immerhin hatten sie Menschen anderer Hautfarbe, anderen Glaubens, anderer Sprache, anderer Kultur versklavt, also in ihren Augen Lebewesen, die ihnen überhaupt nicht nahestanden. Sie konnten den Fremden also ohne große Gewissensbisse ihre Menschenwürde anhand dieser Unterschiede absprechen. Russen hingegen haben ihresgleichen versklavt, Menschen mit der gleichen Hautfarbe, der gleichen Sprache und gleichen Glaubens. Viele trugen sogar die gleichen Bärte und tranken die gleichen Schnäpse wie ihre Peiniger. Es half ihnen nichts.

Die Kosaken leisteten jedoch Widerstand. Ganze Dörfer ritten dem Zaren davon, einige in den Süden, andere nach Norden. Sie siedelten sich an den Ufern der großen Flüsse an, und sobald der Staat ihnen seine Armeen hinterherschickte, zogen die Dörfer einfach weiter. Irgendwann waren beide Seiten von diesem Katz-und-Maus-Spiel müde. Der Staat machte den Kosaken ein Angebot, das sie nicht ablehnen konnten. Sie durften ihre Freiheiten, vor allem die Steuerfreiheit, behalten, wurden nicht mehr als Feinde, sondern als

Stütze des Regimes angesehen und mit der Eroberung neuer Territorien im Auftrag des Zaren betraut. Vermutlich ist Russland überhaupt nur durch diese Jagd des Staates auf die Kosaken so groß geworden. Ihre Umsiedlung ging später in die Geschichtsbücher als »Die Entdeckung des Südens« oder »Die Eroberung des Nordens« ein.

Auch nach dem Deal mit dem Staat kamen die Kosaken lange nicht zur Ruhe. In diesem riesigen Land, das sich wie ein Tintenfleck auf der Karte ausbreitete, blieben die Kosaken mobil und vogelfrei. In großen Familien ritten sie durch die Steppen und über die Berge. In meiner Vorstellung glich eine solche Nomadenfamilie einer Bande. Jedes Mitglied war mit speziellen Aufgaben betraut. Die Tochter fütterte die Pferde, der Sohn passte auf die Vorräte auf, die Großmutter kochte, der Großvater erzählte Witze und machte die Buchhaltung, der Onkel zählte die Sterne und sagte das Wetter voraus. Die Frauen in diesen Kosakenfamilien waren traditionell für Disziplin und Kontrolle zuständig. Sie mussten jederzeit imstande sein, alle Familienmitglieder in Reih und Glied aufzustellen, das Aussehen und den Kampfgeist der Familie zu prüfen, bei Bedarf zu trösten oder anzuheizen, den Durst zu löschen, wenn es hitzig wurde, und das Feuer zu löschen, wenn es brannte.

Sicher haben sich diese Bandenfamilien vor langer Zeit zivilisiert, doch was tief in der menschlichen Natur verwurzelt ist, geht nie ganz verloren. Deswegen lenkt meine Frau auch unsere Familie wie eine Bande, nach nur ihr verständlichen Kosaken-Regeln und -Prinzipien. Sie lauten:

Alles ist schlecht und kann deswegen nur besser werden.

Alle warten auf den Letzten. Niemand reitet alleine irgendwohin, ohne den anderen Bescheid zu sagen.

Es essen alle zusammen und loben das Essen, egal ob sie Appetit haben oder nicht.

Niemand darf beschimpft werden für etwas, das bereits geschehen ist. Sich darüber zu ärgern ist sinnlos.

Im Übrigen gilt: Lobe oder schweige, sei mit allen freundlicher, als sie es eigentlich verdient haben, und trink nie ohne einen Trinkspruch.

Vielleicht waren diese Regeln und Prinzipien vor dreihundert Jahren in der Steppe eine große Hilfe, aber heute in einer Stadt wie Berlin scheinen sie mir manchmal übertrieben streng. Wir sind schließlich keine Nomaden, wir haben unsere Zelte vor vielen Jahren in Berlin im Prenzlauer Berg aufgeschlagen und wollen hier auch weiter wohnen bleiben. Trotzdem kümmert sich meine Frau um unsere Bandendisziplin mit einer Leidenschaft und Hingabe, die ein besseres Ziel verdient hätten.

Meistens klappt es das ganze Jahr über, nur an einem Tag im Jahr scheitert sie – an Weihnachten, wenn die Familienbande vollkommen von Anarchie zersetzt wird und die ganze Stadt uns unter den Füßen wegreitet. An diesen Tagen verwandelt sich Berlin in einen verlassenen Stützpunkt. Jedes Jahr an Weihnachten kommt mir eine paranoide Verschwörungstheorie in den Sinn: dass hier eigentlich kein Mensch richtig wohnt und die ganze Stadt nur eine Attrappe ist, extra geschaffen, um der Welt zu zeigen, dass auch Deutschland eine Hauptstadt hat.

In Wahrheit kann Deutschland gut ohne Hauptstadt leben. Es hat Wald, Seen und Berge, es hat mehr Schrebergartenkolonien als die übrige Welt. Doch um auf dem internationalen Parkett eine gute Figur zu machen, leistet sich Deutschland eine »Hauptstadt«. Die Statisten, die von der Regierung mit der Darstellung von Hauptstadtbewohnern beauftragt sind, haben wunderschön berlinern und Würste braten gelernt, doch in Wahrheit kommen sie alle von weit her. Am 24.12. verschwinden sie aus Berlin und fahren zu ihren Eltern nach Bielefeld und Cottbus, um dort das traditionelle deutsche Weihnachtsessen zu genießen: roten und grünen verkochten Kohl, große glitschige Kugeln mit Sauce und fette Vögel auf dem Tablett. In Berlin bleiben nur diejenigen, die Überstunden machen müssen: Taxifahrer, Weihnachtsmänner und wir.

Meine Frau will nach deutscher Manier feiern, mit Weihnachtsgans und der ganzen Entourage. Sie versucht drei Generationen am Tisch zu unterhalten. Doch die Mütter sind kritisch der deutschen Küche gegenüber, sie mögen die Klopse nicht.

»Warum ist da nichts drin?«, quengeln sie. Wenn Russen ihre Teigtaschen kneten, geben sie immer eine Füllung hinein, die Chinesen ebenfalls, aber die Deutschen mögen keine Überraschungen beim Essen. Bei ihnen sind die Kugeln meistens leer.

Die Omas sind enttäuscht. Ihre Enkelkinder kümmert das Weihnachtsessen dagegen überhaupt nicht, sie wollen schnell weg – in die Kirche. In der kleinen Kirche am Senefelderplatz singt ein Chor, und der Glühwein kostet einen Euro mit Tasse. Die Jugend macht sich auf den Weg.

»Welcher Wodka ist eigentlich besser, Papa: Taiga oder Tundra«, stellt mir mein Sohn die typische Weihnachtsfrage.

Irgendetwas in seinem schwarzen Rucksack hat er sicher aus dem Kühlschrank entwendet, um in der Kirche die Shortys, also die Kurzen, zu mixen.

Meine Tochter möchte in Neukölln tanzen gehen.

Die Katzen fressen die letzten Lamettastreifen vom Weihnachtsbaum.

Die Kosaken an den Wänden betrachten uns leidenschaftslos, nachdenklich und still.

Der Kremlweihnachtsmann

In Deutschland hat »Gemütlichkeit« einen hohen gesellschaftlichen Stellenwert. Sie wird als Tugend und große Errungenschaft einer stabilen, die Menschen veredelnden Demokratie gepriesen. Ich kann mit Gemütlichkeit nichts anfangen. Ob die sozialistisch-atheistische Erziehung daran schuld ist und die damit verbundene Frühreife, die uns schnell aus dem Elternhaus vertrieb? Der Gedanke der Gemütlichkeit ist meinem Freundeskreis jedenfalls fremd geblieben. Händchen haltend um die Weihnachtskrippe herumsitzen und fette Vögel essen, alle zusammen und zur gleichen Zeit? Nein danke! Unsere ganze Feierkraft gilt Silvester, dem größtmöglichen Verstoß gegen die Gemütlichkeit in diesem Land.

Zu unserem Silvesterverständnis gehört ein Feuerwerk, das nicht nur aus babyfreundlichen Kinderknallern besteht. In der Regel bestellen wir im Internet um die vierzig Kilo Space Sound Rockets, Dragon Comets und anderen chinesischen Sprengstoff mit ähnlich lustigen Namen. Man darf das allerdings wegen der möglichen tiefen Verletzung der Gemütlichkeit nur als Firma bestellen, nicht als Privatperson. Eine Eintragung in das Handelsregister muss vorgelegt werden, die »eine spätere Nachprüfung ermöglicht«. So steht es im Formular – klein geschrieben.

Bis jetzt ist allerdings noch niemand gekommen, um nachzuprüfen. Sie beobachtet uns noch, die streng geheime deutsche Gemütlichkeitsbehörde, zuständig für die Überprüfung des ordnungsgemäßen Verbrauchs von Silvesterfeuerwerken. Ich weiß, irgendwann kommen sie, Männer in schwarzem Anzug und Sonnenbrille. Eines Tages im August werden sie an meine Tür klopfen: »Russendisko Records? Haben sie noch Silvesterfeuerwerk übrig? Letztes Jahr hat Ihre Firma sage und schreibe vierzig Kilo Space-Raketen bestellt. Wo sind die jetzt, und was haben Sie damit vor?«

Den Kern jeder anständigen Silvesterparty bildet neben dem Feuerwerk ein möglichst hoher, kräftiger und gut geschmückter Tannenbaum. Leider werden die Tannen in Deutschland völlig intolerant nur bis Heiligabend verkauft, sind also meist schon ausverkauft, wenn man sie eigentlich braucht. Wir warten bis zum letzten Tag. Am frühen Nachmittag des Heiligen Abends kaufen wir den höchsten und klumpigsten Tannenbaum, der noch zu finden ist. Die Tannenbaummärkte sehen an diesem Tag geplündert und verlassen, die letzten Bäume irgendwie massenvergewaltigt aus. Überall auf dem Boden liegen Tannenreste, Handschuhe und geplatzte Plastiknetze, die man zum Einwickeln der Bäume benutzt. In der Regel sind die Verkäufer am frühen Heiligen Abend nicht mehr ansprechbar, vereist und eingefroren und können Geldscheine nur noch mit den Zähnen annehmen. Fast immer wartet jedoch ein letzter toller Baum auf uns in einer Ecke – ein Wunder!

Zu Hause geben wir dem Baum viel Wasser, damit er länger hält, schmücken ihn schön mit Lametta und legen viele tolle Geschenke unter die Zweige, die wir uns selbst und einigen Freunden, die mitfeiern, gekauft haben. Das soll eigentlich der Weihnachtsmann erledigen, aber weil wir wissen, dass es ihn nicht gibt, machen wir es lieber selbst. Sicher ist sicher. Auf den Weihnachtsmann war nie Verlass. Als Kind habe ich von ihm nur Scheiße geschenkt bekommen. Deswegen gelang es mir nie so recht, an ihn zu glauben.

Mein Glaube an den Weihnachtsmann erlosch vollends, nachdem ich in Moskau das größte Tannenfest des Landes besucht hatte. Ich war damals zehn oder elf Jahre alt, und mein Vater hatte die Karten für viel Geld in seinem Betrieb besorgt. Das Fest sollte in dem

Gebäude neben dem Kreml stattfinden, das für Parteitage und andere feierliche Anlässe benutzt wurde. Das »Jolkafest im Kreml« war in Wirklichkeit eine Eisrevue. Es handelte sich um eine dreistündige Vorstellung mit den »besten Artisten des Landes«. Am Ende wurde eine »Verteilung von besonders wertvollen Geschenken durch den Kremlweihnachtsmann« angekündigt. Ich war zuerst unentschlossen, doch dieser letzte Punkt war ausschlaggebend für meine Entscheidung hinzugehen. In meiner Phantasie ergaben die Wörter »Kremlweihnachtsmann« und »besonders wertvoll« nebeneinander geschrieben locker ein Moped. Na gut, eine E-Gitarre. Mindestens aber eine Eishockeyuniform mit den Autogrammen meiner Lieblingsspieler auf den Ärmeln.

Ich setzte also große Hoffnungen auf den Kremlweihnachtsmann. Drei Stunden mussten tausend Kinder in der Eishalle ausharren, bis alle Schneewittchen und das restliche Pack vorbeigelatscht waren und das Kommando zum Geschenkeverteilen kam. Sofort bildeten sich große Schlangen vor den Geschenkausgabestellen. Nach einer Stunde Schlangestehen verließ ich die Eishalle mit einer zerstampften Tüte Süßigkeiten und einem weißen Hasen mit roten Augen – dem dritten weißen Hasen, den ich in meinem kurzen Leben vom Weihnachtsmann bekommen hatte. Alle tausend Kinder hatten die gleichen Hasen bekommen. Anscheinend hatte der Weihnachtsmann direkt unter dem Lenin-Mausoleum eine riesige unterirdische Fabrik zur Produktion von weißen Hasen angelegt. Mir wurde schlecht bei der Vorstellung, wie viele da unten noch lagen.

Ich war ein intelligentes, etwas verträumtes Kind, das in seiner Phantasie viele mutige Heldentaten vollbrachte, aber in der Realität still und zurückhaltend blieb. Natürlich hatte ich große Lust, den weißen Hasen dem Kremlweihnachtsmann in seinen fetten Kremlweihnachtsarsch zu schieben. Bloß was hätte das gebracht? Der Kremlweihnachtsmann hätte den Hasen mit Sicherheit ein Jahr später wieder herausgezogen und dem nächsten Kind geschenkt. Diese Erfahrung hat mich endgültig davon überzeugt, dass es den Weihnachtsmann nicht gibt. Er wurde von Erwachsenen erfunden, damit sie den Scheiß, den sie selbst nicht brauchen, leichten Herzens weiterverschenken konnten. Sie werden dafür nie zur Verantwortung gezogen, denn die trägt ganz allein wer? Natürlich der Weihnachtsmann, der Weichensteller der Kinderfeste.

Wir verschenken an andere nur Dinge, die wir auch selbst mögen. Diese guten, wertvollen Geschenke lagern wir unter unserem fertig geschmückten Baum, machen das Licht aus, schließen die Türen und fahren für ein paar Tage weg, frische Luft holen, raus aus der menschenleeren langweiligen Weihnachtsstadt, weg von Enten, Gänsen und Menschen, die ihre Gemütlichkeit trainieren. Am letzten Tag des Jahres kommen wir zurück, stellen die chinesische Artillerie auf die Straße und zeigen unseren Nachbarn die Inszenierung »Die Eroberung Berlins 1945 durch den Einsatz von Katjuschas«. Dauer der Inszenierung: 13,5 Minuten. Reaktionen: bis jetzt fast ausschließlich positiv. Manche vergessen sogar ihre Kinderknaller anzuzünden. Sie wirken einfach zu lächerlich neben der »Eroberung Berlins«.

Danach trinken wir die Alkoholreserven, tanzen, singen bei Kerzenlicht das Lied aus dem alten sowjetischen Spionagethriller »Siebzehn Augenblicke im Frühling«, das jedes Jahr länger wird, und schon steht der 3. Januar auf dem Kalenderblatt. Der Baum steht noch zehn Tage neben dem Buchregal, und das Katzenklo glitzert und blinkt noch lange im elektrischen Licht, weil die Katzen das aufgefressene Lametta wieder auskacken.

Der Schneeberg

Jeden Winter wird ganz Europa von Grippewellen erfasst, Impfungen werden empfohlen, und im Fernsehen laufen ständig Werbespots für Mittel gegen Viren und Bakterien. Aber die passen sich den Impfungen an, sie fallen über die Menschen her, und es gibt kein Entkommen. Jeder bekommt seine Grippe, egal wie viele Kilo Vitamine er geschluckt hat. Kinder schreiben sich krank, und Erwachsene stehen in der Apotheke Schlange. Sie bekommen dann von den Ärzten häufig ausgefallene homöopathische Mittel verschrieben: Teebaumöl, Meersalzlösung oder Eukalyptuslutscher beispielsweise.

Bei uns im entwickelten Sozialismus waren wir als Kinder auch gelegentlich krank, bloß wussten wir es nicht. Wir sahen im Fernsehen keine Werbespots gegen Viren und Bakterien. Wenn man sich erkältet hatte, ging man auch besser nicht zum Arzt, sondern zur nächsten Eisbude oder noch besser: Man ging mit einem Schlitten den »Schneeberg« erklimmen. So nannten wir einen hohen Hügel hinter dem Filmtheater *Brest*, dessen Ruhm weit über die Grenzen unseres Bezirks hinausging. Dort kämpfte die Jugend jedes Jahr um den stolzen Titel »Herr des Schneebergs«.

Die Menschen auf dem Hügel teilten sich grob in drei Mannschaften: »Die Inder« hießen diejenigen, die in der Nähe des Restaurants *Bombay* wohnten; meine Nachbarn und mich nannte man die »Pawlow'schen Hunde«, weil unsere Straße nach dem Akademiker Pawlow benannt worden war. Der war durch seine Tierquälerei weltberühmt geworden: Er brachte seinen Hunden im Labor Futter und läutete dabei die Glocke. Irgendwann fingen die Hunde schon an zu sabbern, wenn sie nur die Glocke hörten. Dafür bekam Pawlow den Nobelpreis. Die dritte Mannschaft auf dem Schneeberg kam aus der Partisanenstraße und hieß dementsprechend »Die Partisanen«. Der eigentliche Wettbewerb zwischen den drei Mannschaften bestand darin herauszufinden, wer am mutigsten war und den Hügel am weitesten herunterfuhr. In der Mitte des Hügels hatte man noch ein Trampolin aufgebaut, damit jeder, der wollte, auch durch die Luft fliegen konnte. Unsere Winter waren hart, an Schnee mangelte es nie, daher war immer jede Menge los.

Den Schlitten auf den Berg hochzukriegen dauerte ewig, beim Runterfahren ging es dagegen oft um Sekunden. Man konnte dabei allerdings die Seite und den Schwierigkeitsgrad auswählen. Auf der einen Seite des Hügels befand sich unten eine tiefe Baugrube, und die große Kunst des Fahrers bestand darin, direkt vor der Grube scharf zu bremsen, sich vom Schlitten auf die Seite fallen zu lassen und im Schnee liegen zu bleiben. Bei Fortgeschrittenen galt es als schick, in die Grube zu fliegen und auf die Wahrscheinlichkeitstheorie zu bauen. Sie regelte quasi, ob man auf Beton landete oder im weichen Schnee. Die Chancen lagen 50:50.

Wenn man die andere Seite des Hügels herunterraste, gelangte man auf eine Kreuzung mit Verkehr. Autos fuhren damals noch ziemlich selten, etwa eins alle zehn Minuten. Die Wahrscheinlichkeitstheorie besagte in diesem Fall, dass man schon ziemlich viel Pech haben musste, um an dieser Kreuzung unter die Räder eines Autos zu rutschen. Auf der gleichen Seite stand noch ein weiteres Hindernis: der sogenannte Baum der Weisheit, eine hundertjährige Eiche. Jeder Zusammenstoß mit dem Baum der Weisheit brachte einem angeblich eine Erleuchtung oder eine Gehirnerschütterung ein. Etwas Genaueres sagte die Wahrscheinlichkeitstheorie leider nicht dazu.

Im Kapitalismus werden die Menschen öfter krank, allein schon weil sie permanent der Medikamentenwerbung ausgesetzt sind. Wenn man sich diese Werbung zu lange anschaut – die ganzen Bakterien, die einem von allen Seiten in Mund und Nase flogen –, dann will auch ein gesunder Mensch sofort zur Apotheke laufen. Den Schneeberg, das beste Mittel gegen Erkältung, haben meine Landsleute an den Kapitalismus verloren, erzählte mir eine ehemalige Nachbarin, mit der ich noch immer Kontakt habe. Die Bezirksverwaltung hat ihn mit Sand bedeckt, damit die Menschen zu einem künstlich aufgeschütteten kleinen niedlichen Schneehügelchen wechselten, auf dem eine Fahrt fünfzig Rubel kostet. Die Jugend hat sich darüber sehr aufgeregt, ihre Eltern und Großeltern auch.

»Das ist doch ein klarer Fall von Korruption, die Verschmelzung von Wirtschaft und Bezirksverwaltung«, sagten einige, die sich mit Korruption gut auskannten. Die Bezirksverwaltung wehrte jeden Verdacht ab. Sie meinte, das mit dem Sand sei bloß eine Sicherheitsmaßnahme gewesen:

»Beim Runterrutschen vom anarchistisch entstandenen Berg kann die Länge des Fahrweges nicht berechnet und die Sicherheit des Fahrers nicht gewährleistet werden«, hieß es aus der Verwaltung.

Die Bürger lachten laut. Sie waren schließlich schon seit hundert Jahren von diesem »anarchistisch entstandenen Berg« heruntergefahren, und die meisten lebten noch. Doch gegen den Kapitalismus zu protestieren hilft wenig. Der Winterspaß ist erst einmal versaut.

Mein Vater als Geschäftsmann

Während seines Arbeitslebens blieb mein Vater dem Geschäftemachen fern. Bei uns gehörte früher alles dem Staat. Das hielt die Leute natürlich nicht davon ab, sich so stark mit dem staatlichen Eigentum zu identifizieren, dass sie es von ihren Arbeitsplätzen mit nach Hause nahmen und so das staatliche in Privateigentum verwandelten. Ein Freund meines Vaters arbeitete zum Beispiel in einer Fabrik, die Kämme produzierte – er hatte Tausende davon zu Hause. Zu jedem Feiertag oder Geburtstag bekamen seine Freunde Dutzende von Kämmen geschenkt; er selbst kämmte sich damit letztendlich eine Glatze. Ein anderer Bekannter meines Vaters arbeitete in einem Betrieb, in dem Kinderwagen zusammengeschraubt wurden. Ob beim Einkaufen oder bei der Rückgabe leerer Flaschen; er ging nie ohne einen Kinderwagen aus dem Haus.

Mein Vater aber war in seinen geschäftlichen Tätigkeiten behindert. Sein Betrieb, in dem er das halbe

Leben verbrachte, produzierte aufklappbare Pontonbrücken zur Überwindung kleiner Flüsse. Sie waren für die sowjetische Landwirtschaft von großer Bedeutung: Wenn irgendwo während der Ernte zwei Panzer dringend über ein Flüsschen mussten, kamen die Klappbrücken meines Vaters zum Einsatz. Sie wurden auf einem LKW zum Einsatzort transportiert und dort so schnell aus- und wieder eingerollt, dass die feindlichen Agrarier nur noch staunten, wenn plötzlich die zwei Panzer direkt vor ihrer Nase auftauchten. Diese Pontons ließen sich aber kaum in Privateigentum verwandeln. Sie passten überhaupt nicht in unsere Wohnung. Kleinere Einzelteile versuchte mein Vater dennoch immer wieder in den Haushalt zu integrieren, womit er aber mehr Schaden als Nutzen anrichtete.

Zuletzt fand mein Vater sich damit ab. Er sprach so gut wie nie von irgendwelchen Geschäften, der Kapitalist in ihm schien für immer ausgelöscht zu sein. Erst als er in Rente ging, nach Berlin übersiedelte und auf einmal viel Freizeit hatte, entwickelte er kapitalistische Tendenzen, wie wir es nie für möglich gehalten hätten. Plötzlich fing er wie verrückt an, täglich neue spektakuläre Geschäftsideen auszuspucken. Laufend wollte er neue Produkte auf den Markt werfen, Profite erzielen und mit diesen Profiten dann noch mehr neue Produkte auf den Markt werfen. Mit meiner Mutter sprach er nur noch von Ich-AGs.

»Hat Papa etwa das falsche Programm im Fernsehen geguckt?«, fragte ich sie. »Irgendwelche Wirtschaftsmagazine auf n-tv?«

»Nein, eigentlich guckt er nur Sport«, meinte meine Mutter, »ich weiß auch nicht, was in ihn gefahren ist.«

Mein Vater ging in die großen Kaufhäuser, fand sofort Marktlücken und notierte sie. Zu Hause überlegte er dann, wie er aus eigener Kraft diese Lücken schließen könnte. Seine erste Idee überraschte uns alle. Es war ein Tannenbaum-Weihnachtstopf.

»Es geht doch nicht an«, erklärte mein Vater dazu, »dass die Leute sich für teures Geld einen Tannenbaum besorgen, nur um ihn zwei Wochen später wieder auf die Straße zu werfen. Wenn man einen Holzkasten von ausreichender Größe erwerben könnte, dass sich die Tanne bis zum nächsten Weihnachtsfest wohl fühlt, dann würden die Leute dafür Schlange stehen. Mit meinem Tannenbaum-Weihnachtstopf bekommen sie die Möglichkeit, ihren Tannenbaum richtig in der Wohnung einzupflanzen und das ganze Jahr über eine frohe weihnachtliche Stimmung zu haben.«

Mein Vater beschloss, sofort mit der Anfertigung des Prototypen zu beginnen: Weihnachten stand bereits vor der Tür. Er baute den Keller zu einer kleinen Hobbytischlerei um und kaufte haufenweise Holz und Werkzeug im Baumarkt. Die Produktionskosten wollte er so niedrig wie möglich halten: Der Topf durfte nicht zu teuer sein. Die Materialien waren aber doch nicht billig.

»Dann wird es halt ein teurer Topf«, tröstete sich mein Vater, »immerhin ist es Handarbeit!«

Seitdem sah man ihn kaum noch in der Wohnung, man hörte ihn nur im Keller arbeiten – und schimpfen. Die Fotos von seinen Erzeugnissen sollten auf Kinderspielplätzen aufgehängt werden; mein Vater war nämlich der Meinung, dass die Kinder auf seine Produkte besonders scharf wären. »Ein Tannenbaum in der Wohnung, das ganze Jahr über? Dann werde ich vielleicht auch jeden Tag aufs Neue Geschenke bekommen.« So würden die Kinder denken und ihre Eltern dazu bringen, die Weihnachtstöpfe meines Vaters zu kaufen, dachte er. Ich sollte mir für diese Fotos schon mal einen lustigen Werbespruch ausdenken. Den halben Tag verbrachte ich damit, etwas Passendes für die Produkte meines Vaters zu entwickeln, doch mir reichte es schon, das Wort »Tannenbaum-Weihnachtstopf« zu Papier zu bringen, schon brach ich in Tränen aus. Vor Lachen. Eigentlich ist mit diesem einen Begriff bereits alles gesagt, dachte ich und ergänzte ihn nur um das Wort »preiswert«. Dazu schrieb ich noch seine Telefonnummer auf, und fertig war die Annonce. Mein Vater machte inzwischen Werbung auf eigene Faust. Er stellte den fertigen Topf im Hinterhof seines Hauses auf, um die Nachbarn zu beeindrucken. Damit keine Missverständnisse entstanden, schrieb er mit gelber Farbe »Tannenbaum-Weihnachtstopf Nr. 1« drauf. Die Zahl sollte bei den Nachbarn den Eindruck erwecken, er habe noch viel mehr davon auf Lager.

Doch die Nachbarn meines Vaters schienen allesamt Analphabeten zu sein. Sie hielten seine Erfindung für einen neuen Mülleimer, extra vom Weihnachtsmann dort abgestellt, und über Nacht war der Tannenbaum-Weihnachtstopf Nr. 1 voll. Auch vom Kinderspielplatz rief keiner an. Meinem Vater dämmerte langsam, dass er möglicherweise etwas erfunden hatte, das nicht jeder haben wollte. Er gab aber nicht auf. In der kostenlosen Bezirkszeitung las er, dass in Pankow eine Werkstatt aufgemacht hatte, in der ältere Menschen Starenkästen bauen konnten. Danach betrachtete er sein Erzeugnis noch einmal etwas genauer, kippte es und stellte fest, dass es eigentlich ein Starenkasten war – nur eben für extrem große Vögel. Für Strauße zum Beispiel oder für eine Raben-Großfamilie.

Er bat mich, sofort bei der Rentnerwerkstatt anzurufen und denen zu sagen, sie bräuchten keine Starenkästen mehr zu bauen, er würde ihnen jederzeit welche zu einem angemessenen Preis liefern können.

Ich weigerte mich. »Diese Menschen wollen die Starenkästen bauen, weil sie sich langweilen und nichts zu tun haben, es sind keine Geschäftsleute, so wie du!«, versuchte ich ihn aufzuklären. »Sie machen sich mit ihrer Arbeit eine Freude fürs Leben.«

»Dann sind sie einfach verrückt!«, entgegnete mein Vater. »Das Leben ist doch unwichtig, wichtig sind nur geschäftliche Erfolge!«

Ich schüttelte den Kopf und überlegte leise, ob mir mit siebzig auch so eine Vollmeise drohen würde.

Nach einer Woche meldete sich mein Vater wieder bei mir – mit einer neuen Geschäftsidee. Er hatte anscheinend seine erste wirtschaftliche Niederlage gut verkraftet.

»Die Kästen und Töpfe sind Schnee von gestern!«, verkündete er strahlend. »Ich habe mir etwas viel Clevereres ausgedacht. Wir machen also Folgendes: Ich schreibe dir jetzt hundert Briefe mit klugen Ratschlägen fürs Leben und werde so tun, als ob ich sie dir schon immer geschickt hätte, seit dreißig Jahren bereits. Und du veröffentlichst sie nach meinem Tod bei deinem Verlag unter dem Titel *Die Briefe meines Vaters*. Das wird bestimmt ein großer Erfolg! Die Gage dafür teilen wir dann: Zwei Drittel bekomme ich.«

»Aber Papa, wozu brauchst du zwei Drittel, wenn du schon tot bist? Ein Drittel reicht da doch auch«, erwiderte ich.

»Mann, Sohn, bist du blöd! Ich würde doch nur so tun, als wäre ich gestorben, verstehst du? In Wirklichkeit würde ich höchst lebendig auf Dingsda – Teneriffa, Lanzarote oder wie sie alle heißen … na dort irgendwo weitermachen!«

Ich stellte mir vor, wie mein Vater auf Lanzarote weitermachte, in seiner Tischleruniform, die er nicht mehr ablegte, mit dem Hammer in der einen Hand und einer Säge in der anderen. Er wird dort Palmenblumentöpfe bauen, neue Bananensammelmaschinen entwickeln, alle Vulkane zubetonieren.

Stille Weihnacht

Die Russen in Berlin teilen sich in Wellen. Wir, die nach der Auflösung der Sowjetunion gekommen waren, zählen zu der dritten Welle. Die aktuell vor Putin Geflüchteten nennen sich »Die fünfte Welle«. Und nicht bei allen ehemaligen Landsleuten stoßen sie auf eine Willkommenskultur.

»Die Russen nerven. An jeder Kreuzung höre ich Leute Russisch miteinander reden, was wollen die alle hier, diese fünfte Welle? Wissen sie überhaupt, wo sie sind?«, schimpfen meine russischen Freunde aus der vierten Welle, die seit über zwanzig Jahren in Berlin die dritte Welle nerven.

»Aber natürlich wissen sie, wo sie gelandet sind«, nehme ich meine Landsleute in Schutz. In kaum einer Fremdsprache gibt es eine so umfangreiche Literatur über Deutschland wie auf Russisch. Das hat Gründe. Im Lauf der Geschichte waren Deutsche mehrmals in der russischen Schneewüste gestrandet, und Russenwellen wurden an die deutschen Ufer gespült. Schuld war immer eine unvorhersehbare Wendung des Schicksals, ein Krieg, ein Regimewechsel oder eine Krise. Für die Russen der ersten Welle hieß die Schicksalswende Große Oktoberrevolution, deren Jahrestag traditionell im November gefeiert wird. Damals vor über hundert Jahren waren die ersten russischen Migranten vor Revolution und Bürgerkrieg nach Berlin geflüchtet, und wie heute standen sie an jeder Kreuzung, fragten sich »Was nun?« und sorgten bei den Deutschen für erste Erfahrungen mit Migranten.

Kaum zu glauben, aber wahr: Es waren nicht die Türken, nicht die Syrer und nicht die Afghanen, es waren die Russen, die vor hundert Jahren den ersten Migrationsschock in Deutschland verursachten, weil sie dem Russenklischee überhaupt nicht entsprachen. Das ist ein unlösbares Dilemma der Migration: Kaum signalisiert ein Land ein wenig Gastfreundschaft nach außen, kommen immer die Falschen. Und dann sitzen sie am Bahnhof und wissen nicht weiter. Wie oft habe ich schon von Menschen in meiner Umgebung gehört, die Syrer, die wegen des Krieges aus ihrer Heimat geflüchtet waren, seien gar keine richtigen Syrer, sie täten nur so. Echte Syrer sähen ganz anders aus.

»Wie denn?«, fragte ich nach. »Wie würden die richtigen denn aussehen? Sollten sie vielleicht mit Turban und Ohrring auf einem fliegenden Teppich samt Shisha-Pfeife in Schönefeld landen?«

Gut, bei den Russen wusste man genauer, wie sie auszusehen hatten: wie Ivan Rebroff – bärtige lustige Russen, die gerne Wodka tranken und Kasatschok tanzten. Aber zur großen Überraschung der Deutschen kamen die von Putin über die Grenzen geschubsten Menschen ohne Balalaika und viele sogar ohne Bart, sie tanzten auch nicht Kasatschok und hatten keinen einzigen Bären dabei. Vielleicht wird sich das ändern, wenn sie ein bisschen mehr Kontakt mit den Einheimischen haben und endlich erfahren, wie ein richtiger Russe auszusehen hat. Bis jetzt aber beschweren sich alle nur bei mir darüber, was mit den anderen nicht stimmt. Die Russen kritisieren Deutschland, zeigen keinen Schimmer von Dankbarkeit und verfallen zu Weihnachten in eine regelrechte Weihnachtsdepression.

Besonders betrifft das Menschen mit kleinen Kindern. Sie wissen nicht, wie sie die dunkle Jahreszeit hier überstehen sollen. Der Knackpunkt der Kritik scheint der fehlende Schnee zu sein. Die Schicksalswende hat sie in einer schneelosen Region abgesetzt, und sie vermissen das weiß leuchtende Zeug. In Russland leuchtet der Schnee im Winter nämlich statt der Sonne, er spiegelt das Mondlicht wider und tunkt die Welt in ein zauberhaftes provisorisches Licht, das man beinahe mit bloßen Händen greifen kann. Außerdem kann man mit Schnee im Winter wunderbar spielen, Ski laufen oder Schneemänner bauen und einander mit Schneebällen bewerfen.

Der Berliner Winter wird von den Russen dagegen als »ewiger November« verschmäht. Denn Dezember ist hier eigentlich November, Januar ist auch November und Februar sowieso. Dafür ist im November manchmal noch Oktober, wenn man Glück mit dem Wetter hat. Und was machen die Deutschen in ihrem ewigen November? Das, was sie auch sonst immer machen. Sie stehen im Regen und trinken Bier. Manchmal, wenn es draußen ganz eklig ist, trinken sie heißen Wein mit Schuss und essen Würste dazu. Für die Kinder werden auf den Weihnachtsmärkten große Riesenräder aufgestellt, damit die Kleinen von hoch oben in den dunklen nassen November schauen können und nebenbei das Kotzen lernen. So erzählt es die fünfte, von Nostalgie gequälte Welle.

»Wartet einfach ein paar Jahre ab«, versucht die dritte Welle sie zu beruhigen. »Man gewöhnt sich doch an alles. Lernt endlich Kasatschok zu tanzen und Wodka zu trinken, um dem Klischee des echten Russen zu entsprechen. Nur ein Tanzbär lässt sich hier nirgendwo auftreiben, die Haltung von Bären als Haustiere ist von der EU verboten worden. Die Anzahl erlaubter Haustiere ist in Deutschland sowieso überschaubar. Man darf Katzen, Hunde, Fische im Aquarium und selten auch Schildkröten halten, die man aber während des Winterschlafs nicht in der Tiefkühltruhe einfrieren darf wie in manchen anderen Kulturen. Haustiere sorgen für Gemütlichkeit und helfen den Menschen, sich zu entspannen.« Doch die Russen der fünften Welle können sich zurzeit keine Haustiere leisten.

Wir selbst haben auch gerade eine haustierfreie Zeit, seit unsere liebste Katze Fjodor Dostojewski vor zwei Jahren gestorben ist. Allerdings kommen immer wieder irgendwelche Lebewesen als ungebetene Gäste zu uns. Im Sommer hatten wir eine Invasion von Fruchtwanzen. Ein unerwarteter Besuch. Ich informierte mich schnell im Netz, und das russische Internet empfahl Borsäure, kochendes Wasser und Staubsauger, um die Leichen schnell und effektiv einzusammeln. Im deutschen Google stand, man solle die Tierchen sanft überzeugen, auf ein Blatt Papier zu springen, und sie dann ins Freie tragen. Als Alternative wurden Lavendelöl und Räucherstäbchen empfohlen. Ich sollte die Käfer also mit Lavendelöl massieren. Dann bleiben sie doch für immer, dachte ich.

Am zweiten Advent kam eine Maus, wahrscheinlich aus dem nepalesischen Streetfood-Restaurant im Erdgeschoss, kackte mir aufs Bett und verschwand in einem kleinen Loch vor der Balkontür. Laut bundesdeutschem Tierschutzgesetz ist der Einsatz von Klebeflächen umstritten, wenn nicht sogar verboten. In Sonderfällen kann eine Genehmigung durch das Veterinäramt beantragt werden. Ich spielte auf Sonderfall, erteilte mir selbst eine Genehmigung, kaufte für 2,99 Euro eine Klebefalle und platzierte sie vor dem Loch. Und tatsächlich hatte sich die Hausmaus am nächsten Tag darauf festgeklebt. Nach Meinung des Tierschutzgesetzes sollte ich die Maus ebenfalls ins Freie setzen, in eine für sie vertraute Umgebung. Sie also in das nepalesische Streetfood-Restaurant zurückbringen. Davor solle ich ihr aber die Füßchen mit Sonnenblumenöl abwaschen, damit sie sich im Restaurant nicht verklebte. Ich fühlte mich ein wenig überfordert. Ich wollte die zarte Völkerverständigung mit den nepalesischen Nachbarn nicht kaputt machen, aber einer Maus die Füße zu waschen, ging mir auch zu weit. Ich war doch nicht der Papst. Schließlich setzte ich sie im Mauerpark auf die nasse Erde, und sie verschwand sofort Richtung Westen.

Aber eine stille Weihnacht hatten wir trotzdem nicht. Im Haus heulte nämlich ein Hund – der Hund der

Nachbarin aus dem dritten Stock. Am dritten Advent heulte er den ganzen Tag. Das Heulen vermischte sich mit einer nervigen Frauenstimme, die das Tier damit anscheinend zum Schweigen bringen wollte. Der Hund verzweifelte dadurch aber nur noch mehr. Meine Frau schrieb daraufhin in die hauseigene Chatgruppe wie immer knapp und auf den Punkt: »Der Hund heult.« Am nächsten Tag kam die Nachbarin aus dem dritten Stock und entschuldigte sich. Sie und ihr Mann hätten alles versucht, aber der Hund wolle nicht allein zu Hause gelassen werden so kurz vor Weihnachten und heule daher so schrecklich. Am Tag zuvor waren sie auf der Weihnachtsfeier ihrer Firma und hatten für den Hund zur Ablenkung ein Hörbuch auf voller Lautstärke laufen lassen. Der Trick hatte aber nicht funktioniert. Der Hund hatte nur noch mehr geheult.

»Was für eins?«, wollte ich von der Nachbarin wissen. »Welches Hörbuch war das?«

»Angela Merkels *Freiheit*, ungekürzte Fassung, Laufzeit 25 Stunden, von einer Schauspielerin vorgelesen.«

Wir hatten schon vorher gewusst, dass Frau Merkel keine Hunde mochte. Jetzt wussten wir, dass die Hunde sie anscheinend auch nicht mochten.

Freche Früchtchen unterwegs

Wie jedes Jahr hat unser Kindergarten »Freche Früchtchen« auch diesmal ein Konzert im Altersheim des Bezirks gegeben, sie sind irgendwie Partnerstätten. Vor zwei Jahren sang meine Tochter dort bereits das Lied »Wir sind die Frechen Früchtchen – und kommen aus Berlin«. Nun war mein Sohn dran, der sonst nie als großer Sänger aufgefallen ist. Ich holte ihn vom Altersheim ab. Er mochte nichts über seinen Auftritt sagen.

»Wie war es denn?«, quälte ich ihn. »Viele alte Omas da?«

»Nein«, meinte Sebastian, »mehr so junge Omas.«

Er habe den Text vergessen und nur so getan, als ob er singen würde, kam aber trotzdem gut an: »Die Omas klatschten wie verrückt.«

Vom Lied hatte er nur einen Vierzeiler auswendig gelernt, dafür aber anscheinend für immer: »Wir sind die Frechen Früchtchen – und kommen aus Berlin – So heißt auch unsere Kita – Da geh'n wir gerne hin!«

Zu Weihnachten beschlossen wir, Urlaub von Berlin zu nehmen. Für ein paar Tage in eine kleine lauschige Kleinstadt zu ziehen und Freunde zu besuchen. Auf beide »Freche Früchtchen« hat diese Reise einen großen Eindruck gemacht, glaube ich. Alle gingen dort so langsam über die Straße, und wenn zwei Bekannte sich von weitem sahen, dann riefen sie: »Hallo! Du wieder da? Was für eine Überraschung! Wann haben wir uns das letzte Mal gesehen? Ach, gestern Abend? Und wie geht es so?«

Auf den sauber gefegten und parfümierten Straßen saßen kleine lauschige Bettler auf bestickten Samtkissen. Sie lächelten und hielten sauber beschriebene Bettelschilder in der Hand. Die Bewohner gaben ihnen ein bisschen Geld und bedankten sich dabei. Sie schafften es immer wieder, sich jeden Tag erneut über ihre schöne kleine Stadt, die Kirche, das Rathaus und die tollen Nachbarn zu freuen und dass jeder Tag dort so herrlich ist. Alle wirkten so, als wären sie Kollegen.

»Sie sind aber nicht von hier?«, fragte uns der Wirt in einer Kneipe.

»Nee, wir kommen aus Berlin«, sagte ich.

»Da ist unsere Kita, da geh'n wir gerne hin«, ergänzte Sebastian.

Der Wirt nickte verständnisvoll. So hatte er sich

wahrscheinlich schon immer Berliner vorgestellt, mit leichtem russischen Akzent und frechen Reimen. Zu essen bekamen wir von ihm nichts, wir waren zu spät dran, der Koch machte Mittagspause und mit ihm die ganze Stadt.

In der Kleinstadt machten alle immer alles zusammen. Alle gingen zur gleichen Zeit essen oder einkaufen, sie wählten zusammen Deutschlands Superstar und zappten nicht während der Werbung herum. Sie interessierten sich für alles, aber nicht zu doll. Zu Weihnachten installierten sie an ihren Fenstern große funkelnde Sterne, und wenn mal bei dem einen oder anderen in seinem Fenster nichts funkelte, dann klopften die Nachbarn vorsichtshalber an die Tür. Vielleicht war etwas passiert? Vielleicht brauchte der Mensch Hilfe? Vielleicht war er gestorben oder hatte einen Kurzschluss in der Leitung? Vormittags standen sie alle draußen in der Fußgängerzone, aber mit Einbruch der Dunkelheit wurden die Straßen dort sofort und freiwillig geräumt. Zum Durchdrehen schön war dort das Leben! So still und stressfrei.

»Wann fahren wir endlich zurück nach Berlin?«, quengelten die Kinder bereits am zweiten Tag.

Russische Weihnacht

Unterwegs zum Zürcher Flughafen klagte mein DJ-Kollege über Kopf- und Magenschmerzen. Auch mir ging es nicht gut. Wir hatten die ganze Nacht an einem russischen Weihnachtstisch verbracht. Dabei hatte sich diese Reise als reine Routineveranstaltung angekündigt. Man hatte uns mit unserer Musikmucke »Russendisko« nach Zürich eingeladen, wo wir bei einer sogenannten »Russischen Weihnacht« in einem Club Musik auflegen sollten, in dem früher fast ausschließlich amerikanische Rapper aufgetreten waren. Eminem soll hier sein erstes Konzert in Europa gegeben haben, wie uns der Besitzer Jörg als Erstes stolz erzählte. Wir waren etwas nervös. Mit unserer Lalala-Musik konnten wir nicht einmal einen halben Eminem bieten. Wie würden wohl die harten Zürcher Rapper auf uns reagieren?

Wir sollten uns keine Sorgen machen, beruhigte uns Jörg. Er habe beschlossen, ab jetzt sowieso nur noch osteuropäische, vor allem russische, Lalala-Musik in seinen

Laden zu holen. Der Grund für seinen Geschmackswechsel war seine neue Liebe, Tamara, die wir ebenfalls kennenlernten. Tamara war äußerlich herausragend: fast zwei Meter groß, schlank, blond und mit großen blauen Augen – ein real existierendes Blondinenklischee. Sie kam ursprünglich wie ich aus einem Moskauer Randbezirk, nur war ihr Bezirk noch etwas randlicher als meiner, und seine Bewohner waren in der ganzen Stadt für ihre kriminellen Aktivitäten berühmt. Es waren fast ausschließlich Menschen, die bequeme Sportanzüge mochten, sich die Köpfe kahl rasierten, am ganzen Körper lustig tätowiert waren und Handfeuerwaffen als Amulette trugen. Aus heutiger Sicht waren es Rapper, nur eben ohne irgendeine musikalische Begleitung.

Zu Beginn der Neunzigerjahre hatte sich Tamara, damals achtzehnjährig, eine erfolgversprechende Beschäftigung im Ausland gesucht. Die Rapper in ihrer Nachbarschaft hatten Kontakte und halfen ihr, in Belgrad eine Stelle in einer Karaoke-Cocktailbar mit Schwerpunkt Striptease zu bekommen. Singen und tanzen musste Tamara nicht mehr lernen, nur Cocktails mixen war für sie neu. In Russland hielt man Cocktails lange Zeit für einen schwulen Akt der Verschwendung. Russen mixen auch heute noch nicht gerne, sondern putzen am liebsten alle Teile einzeln nacheinander weg. Die

Serben als europäisch geprägte Nation mixten jedoch volle Pulle. Tamara kannte bald die wichtigsten einheimischen Rezepte, zum Beispiel den populären Cocktail »Die slawische Front«: viel Eis, viel Wodka, ein Schuss Champagner und Himbeerlikör. Und unter dem Eis musste ein Stück Salzgurke liegen.

In Belgrad verbrachte Tamara ein paar wilde Jahre bei Tanz, Gesang und dem Mixen der slawischen Front. Die Serben verliebten sich stapelweise in sie. Tamara hatte ihr Herz aber an einen argentinischen Tangotänzer verloren, einen langhaarigen Mann, der mit ihr Englisch sprach und Designerklamotten trug. Er sah anders aus als alle Männer, die Tamara bis dahin getroffen hatte. Er war definitiv kein Rapper. Der Tangotänzer hatte in Belgrad ein Engagement am Theater, das allerdings mit Beginn des Krieges automatisch zu Ende ging. Tamara und er flohen in die Schweiz, wo der Latin Lover jemanden kannte, der versprach, ihm zu helfen. Im neuen Land geriet ihre Beziehung jedoch ins Stocken. Die Liebe kühlte ab, und der Alltag fraß alle Gefühle auf. Bis der Latin Lover eines Tages Tamara gegenüber sogar handgreiflich wurde. Tamara trat ihm – wie sie es in ihrer Heimat gelernt hatte – sofort zuerst gegen das eine und dann gegen das andere Schienbein, sodass der Tangotänzer zu Boden ging. Das tat er so unglücklich, dass er sich dabei ein Bein brach, ins Krankenhaus musste und danach sehr lange nicht mehr tanzen konnte. Nach dieser Auseinandersetzung war die Liebe endgültig zu Ende, ein weiteres Zusammenleben kam nicht mehr infrage.

Noch während der Tangotänzer im Krankenhaus lag, machte sich Tamara auf Jobsuche und kam dabei zufällig an dem Laden vorbei, in dem Eminem einst sein erstes Europakonzert gegeben hatte. Dort wurde sie von Jörg als Tresenkraft auf Probe eingestellt. Gleich in ihrer ersten Nachtschicht mixte Tamara dem Chef die slawische Front, genau genommen eine Sparvariante davon, denn in dem Laden gab es keine Salzgurken, nur Oliven. Sie sang Jörg russische Lieder vor, schaute ihm tief in die Augen und hypnotisierte ihn, glaube ich, auf diese Weise komplett. Bereits am nächsten Morgen konnte Jörg ohne sie nicht mehr leben. Sie wurden ein unzertrennliches Paar.

Die Eltern von Jörg waren über die neue Liebschaft ihres Sohnes mehr als unglücklich, erzählte uns Tamara. Nach dem tragischen Verlust ihres anderen Sohns, des älteren Bruders von Jörg, der ebenfalls eine Russin kennengelernt, geheiratet und sich schon wenig später in der gemeinsamen Küche mit einem Jagdgewehr das Gehirn so heftig weggepustet hatte, dass die Küchentapete noch Monate danach klebte, waren Jörgs Eltern russenfrauenfeindlich geworden. Ihren jüngsten Sohn Jörg betrachteten sie, nachdem er ihnen seine Tamara vorgestellt hatte, als Todgeweihten der bereits mit einem Bein im Grab stand. Auch außerhalb seiner Familie konnten die Freunde und Mitarbeiter von Jörg seinen plötzlichen Liebeswahn nicht recht nachvollziehen. Die Mitarbeiter vermuteten in Tamara eine russische Mafiahexe, die ihren Chef mit Drogencocktails verzaubert hatte.

Tamara hatte es schwer, gegen solche Vorurteile zu kämpfen. Um die Russen zu rehabilitieren und seine plötzliche Liebe zu erklären, beschloss Jörg, in seinem Club ab sofort russische Kultur zu präsentieren, um damit den Zürchern das Wesen seiner neuen Frau verständlicher zu machen. Er suchte und fand einen russischen Koch, der gut Pelmeni kneten konnte, erfüllte den Wunsch seiner Frau nach russischem Karaoke und lud uns als Russendisko aus Berlin zu einem besonderen Abend unter dem Titel »Russische Weihnacht« ein.

Vor Beginn der Tanzveranstaltung sollte im Saal russisches Essen serviert werden, die Tische hatte man direkt auf der Tanzfläche aufgestellt. Dort hatten die Köche eine Wiese aufgedeckt. Die modernen Russen sagen nämlich nicht »Lass uns den Tisch decken«, es heißt stattdessen: »Lass uns die Wiese aufdecken«. Es durfte an nichts fehlen. Jedem Gast wurde eine extra Flasche Wodka zur

Seite gestellt. Nach dem Essen sollte das Clubpersonal die Tische flott zur Seite räumen, damit die Gäste tanzen konnten.

Mich hatte dieses Konzept gleich misstrauisch gemacht. Bei einem russischen Essen kann man die Tische eigentlich nicht mehr wegbewegen, wenn das Essen erst einmal begonnen hat – und danach auch nicht. Wenn man es trotzdem tut, fallen die Gäste um. Die Vorstellung unseres Gastgebers, seine Gäste würden nach russischem Essen und Trinken auch noch tanzen können, zeugte von großer Naivität. Doch wir sagten das nicht laut. Wir waren selbst nur Gäste auf diesem multikulturellen Fest-Experiment und überließen dem Gastgeber die Verantwortung.

Jörg begrüßte seine Gäste am Eingang persönlich und versuchte nach Möglichkeit, mit jedem eintreffenden Halbbekannten einen kleinen Wodka auf ex zu kippen, angeblich eine russische Sitte, die er in einem alten russischen Film gesehen habe, meinte er. Wir nickten verständnisvoll. Aus eigener Erfahrung weiß ich: Vieles, was in einem Film möglich ist, funktioniert im realen Leben nicht. Wodka belebt die Menschen nur für kurze Zeit. Plötzlich kommt einem die große Welt so vertraut vor wie eine Nuss, jeder Berg ist nur noch halb so hoch und jedes Leid halb so schlimm. Doch diese Phase ist nicht von Dauer. Schnell erlischt der herrliche Zustand der Überheblichkeit, und man wird zu Brennholz. Man hört und sieht alles, aber versteht es nicht.

Auch Jörg wurde nach zwanzig Gästen zu Holz. Er konnte sich zwar noch ohne fremde Hilfe an den Tisch setzen und freundlich vor sich hin lächeln, aber jeder sah, dass der Abend für ihn gelaufen war. Seine Freundin Tamara dagegen war quicklebendig. Zusammen mit einer anderen Russin, die ebenfalls einen Schweizer geheiratet hatte, setzten sich die beiden Frauen zu uns, um endlich jemandem in ihrer Heimatsprache von ihrem abenteuerlichen Leben zu erzählen.

Die Wiese wurde schnell leer. Russisches Essen mit Wodka ist eigentlich eine Vollbeschäftigung und erfordert keine weitere Unterhaltung. Man muss die Gäste nicht zusätzlich anheizen, sie laufen von ganz allein warm. So wurde der Abend zur Nacht, ohne dass die Tische weggeräumt wurden. Es war nur einer zu Bruch gegangen, als ein Gast mit vollem Körpereinsatz in der Salatschüssel nach weiteren Schätzen forschte. Unsere Disko fing nicht an, aber die Musik spielte trotzdem in den Köpfen der Anwesenden. Es war lustige russische Lalala-Musik. Viele Gäste schaukelten rhythmisch hin und her, und vor drei Uhr nachts verließ niemand den Club. Wir tranken mit Tamara und ihrer Freundin slawische Front mit und ohne Gurke, sangen im Karaoke-Verfahren patriotische Lieder aus unserer Jugend, lauschten den Anekdoten der beiden Frauen über die sensiblen Schweizer Männer, und irgendwann wurde meinem DJ-Kollegen schlecht. Es sah nach einer Vergiftung aus, unklar war nur, womit er sich vergiftet hatte. Waren es die slawischen Fronten, die patriotischen Lieder oder die Schweizer Männer, die ihm den Rest gegeben hatten? Vielleicht alles zusammen. Auf jeden Fall kotzte er sich herzlich aus.

Am nächsten Tag fuhren wir zum Flughafen Zürich. Wir hatten kaum Gepäck dabei. Ich hielt eine kleine schwarze Aktentasche mit einer Zahnbürste in der Hand, mein Kollege zog unseren rollenden DJ-Koffer hinter sich her. Unsere Reise schien beinahe überstanden. Doch je näher wir dem Flughafen kamen, desto schlechter ging es meinem Kollegen. Er benahm sich jedoch vorbildlich und ging mit mir zum Check-in und durch die Ausweiskontrolle. Wir setzten uns in ein kleines Flugzeug, das auch noch ziemlich leer war, verstauten den großen Alukoffer oben im Gepäckabteil und schnallten uns an. Mein Kollege blickte nachdenklich aus dem Bullauge der Maschine und beschloss, doch lieber den Zug zu nehmen. Es war eine unwiderrufliche Entscheidung. Wir winkten der Stewardess und erklärten ihr die Lage. Nach den geltenden Regeln der Flugsicherheit darf das Bordpersonal niemanden aufhalten, der aus einem Flugzeug aussteigen will, solange die Maschine noch am Boden steht.

»Nimm du dann den Musikkoffer«, flüsterte mir mein Freund noch zu, bevor er ausstieg.

»Natürlich, kein Problem, mach dir keine Sorgen«, nickte ich.

Kaum hatte mein Kollege seinen Platz verlassen, rief die Dame, die vor uns saß, die Stewardess.

»Der junge Mann hat die Maschine verlassen, habe ich recht? Er hatte Schweißperlen auf der Stirn. Er kam mit einem großen silbernen Koffer hier herein, stieg aber ohne Koffer aus. Das heißt sein Koffer fliegt allein«, entwickelte die Dame ihre Verschwörungstheorie weiter. »Ich möchte unter diesen Umständen sofort die Maschine verlassen«, sagte sie.

Ich mischte mich ein. »Nein, nein, das haben Sie falsch verstanden, das ist unser gemeinsamer Koffer, da sind nur die Russendisko-Lalala-Musik und ein Paar Kopfhörer drin. Ich kann den Koffer aufmachen und Ihnen alles zeigen«, schlug ich vor, um die Dame zu beruhigen.

»Ich möchte auf keinen Fall wissen, was in diesem Koffer ist! Ich will nur eins – sofort aussteigen.« Sie nahm ihren Mantel und eilte zum Ausgang.

»Ich habe alles gesehen und alles gehört!«, rief der Mann im rosafarbenen Hemd, der auf der anderen Seite des Gangs von uns saß. »Ich möchte auch nicht fliegen, lassen Sie mich raus!«

»Und mich auch!«

»Und mich!«

Ich traute meinen Augen nicht. Einer nach dem anderen verließen die Passagiere das Flugzeug, niemand wollte mit mir nach Berlin fliegen. Zum Start saß ich beinahe allein in der Maschine. Das war nur passiert, weil wir im Flugzeug Russisch gesprochen hatten. Die Angst vor Fremden ist eine starke Angst, überlegte ich.

In Berlin nahm ich ein Taxi nach Hause. Laut Kalender war Weihnachten zwar mittlerweile vorbei, doch die Stadt wirkte noch immer wie ausgestorben. Wir fuhren an einem geschlossenen großen Tannenbaummarkt vorbei, wo noch viele Bäume standen und lagen, die von den Bürgern verschmäht worden waren. Schade um die Tannen, dachte ich. Aber noch mehr taten mir die Tannenbaumverkäufer leid, weil man die Weihnachtsbäume eben nur einmal im Jahr verkaufen kann. Was machten sie nun mit dem Rest? Ohne es zu merken, sprach ich die Gedanken laut aus.

»Da machen Sie sich mal keine Sorgen«, beruhigte mich die Taxifahrerin. »Ich habe etwas darüber gelesen.

Die Tannen werden in den Zoo gebracht und an die Giraffen verfüttert.«

Ich fiel beinahe vom Sitz, so unerwartet kam diese Aussage. Ich konnte mir vieles vorstellen, aber Tannenbäume essende Giraffen, das überstieg meine Vorstellungskraft.

»Sind Sie sicher«, fragte ich die Taxifahrerin vorsichtig. »Sind Sie sicher, dass Giraffen Tannenbäume essen? Tannen haben doch spitze Nadeln. Was ist, wenn sie im Giraffenhals stecken bleiben? Kann es vielleicht sein, dass Sie Giraffen mit Kamelen verwechseln?«

»Das kann natürlich sein«, nickte die Taxifahrerin nachdenklich.

»Das ist Quatsch«, sagte ich. »Wo Giraffen und Kamele leben, gibt es gar keine Tannenbäume, sie müssen dort zu Weihnachten etwas anderes essen.«

»Und Sie? Woher kommen Sie? Aus Russland? Was essen Russen denn zu Weihnachten gerne?«

»Russen essen definitiv auch keine Tannenbäume«, lachte ich und dachte an die Schweiz. Und dass wir beim nächsten Mal vielleicht doch ein wenig Musik machen und nicht so viele Salzgurken-Getränke zu uns nehmen sollten. Der Zürcher Jörg hat uns aber nie wieder eingeladen.

90 Sekunden vor dem Weltuntergang – Tschaikowsky

Der ukrainische Kulturminister machte den europäischen Ländern den Vorschlag, bis zum Ende des Krieges ein Tschaikowsky-Embargo zu verhängen. Russlands Invasion sei ein imperialistischer Krieg, ein Versuch des Möchtegern-Imperiums, die Macht über seine ehemaligen Kolonien zurückzugewinnen, koste es, was es wolle. Vor diesem Hintergrund spiele der Kulturkampf eine wichtige Rolle, auch Tschaikowsky werde in diesem Kampf als Waffe eingesetzt, meinte der Minister:

»Wir haben gemeinsam schon erfolgreich die Opernsängerin Anna Netrebko von den europäischen Bühnen gemobbt, lassen Sie uns weiterkämpfen. Wir müssen uns alle zusammen gegen die kulturelle Hegemonie des imperialistischen Aggressors wehren. Nicht umsonst hat die russische Führung ihren Angriff auf das Nachbarland zur Maßnahme zum Schutz der russischen Sprache und Kultur erklärt. Zwar haben Tschaikowskys Ballettstücke keinen Text, aber wir können uns schon denken, was dieser Nussknacker sagen würde, wenn er sprechen könnte. Vor diesem Hintergrund ist ein Tschaikowsky-Boykott ein legitimes Mittel zur Verteidigung der liberalen Werte.«

Ich war selbst als Kind ein enthusiastischer Tschaikowsky-Verweigerer und habe mich über den Vorschlag der Ukrainer gefreut. Doch realistisch war der Plan nicht. Ich sah in der aktuellen Situation kaum Chancen für den Minister, dieses Weltkulturerbe abzuschütteln. Eher würde es den Ukrainern gelingen, alle russischen Raketen abzuschießen, die feindlichen Armeen zu verjagen und ihre Krim zurückzuerobern, bevor sie Tschaikowsky, diesen König der Ohrwürmer, von den Bühnen und aus den Köpfen bekamen. Da konnte keine Raketenabwehr helfen. In der sowjetischen Schule habe ich Tschaikowsky lange Zeit erfolgreich boykottiert, bis man uns als Schulklasse unter strenger Aufsicht des Sportlehrers zum Besuch des Balletts *Der Nussknacker* verdonnerte. Es war Ende Dezember, und ich glaube, die Tänzerinnen mussten in drei Schichten tanzen, damit alle Moskauer Schüler mit diesem Weltkulturerbe in Berührung kommen konnten. Wir saßen in der fünften Reihe im Parkett und konnten hören, wie die Spitzenschuhe der Tänzerinnen auf dem Boden quietschten. Das Theater glich einer Falle. Wir saßen in einem riesigen Zuschauerraum mit vielen Türen, die alle nach innen aufgingen. Jede Tür wurde von zwei Tanten in Uniform bewacht. Kaum waren wir drin, knallten sie die Türen hinter uns zu und schlossen uns mit dem Nussknacker ein.

Seit diesem Schulbesuch lebe ich mit Tschaikowsky. Ich bekomme den »Marsch der Zinnsoldaten«, diesen entsetzlichen Ohrwurm, nicht mehr aus dem Kopf. Interessanterweise ist nicht bei allen Jungs dieser Soldatenmarsch hängen geblieben, bei einigen war es der »Blumenwalzer«. Und unser Sportlehrer pfiff die ganze Zeit auf dem Rückweg den »Tanz der Zuckerfee«, woraufhin wir zu dem Schluss kamen, er sei schwul. Wir waren damals in Genderfragen konservativ geprägt und sehr naiv. Heute weiß ich, »Der Tanz der Zuckerfee« kann seinen Zauber über alle Gender hinweg entfalten, er trieb sogar meinen alten Kater Fjodor Dostojewski mehrmals in eine Wahnsinnspaarungslaune.

Bislang waren alle Versuche vergeblich, Pjotr Iljitsch Tschaikowsky, kurz Pitsch genannt, aus dem Verkehr zu ziehen. In Berlin war er bereits vor dem Krieg ein Problemkomponist. Das Berliner Staatsballett musste den *Nussknacker* schon einmal wegen der problematischen rassistischen Darstellung von Chinesen und Orientalen absetzen. Meine Mutter war darüber sehr erstaunt. In der sowjetischen Fassung des Balletts gab es nämlich weder Chinesen noch Orientalen, nur Arbeiter und Bauern, die vom Nussknacker gegen die kapitalistischen Ratten auf die Barrikaden geführt wurden.

Doch lange hat diese Absetzung nicht gehalten. Immerhin war Pitsch Russlands berühmtester Schwuler und hat allein schon deswegen die Herzen vieler Berliner auf seiner Seite. Während das ukrainische Kulturministerium den Komponisten der Seite des Aggressors zuordnete, wurde er in Kreisen der geflüchteten russischen Kriegsgegner zur Ikone des Widerstandes. Sie posteten in sozialen Netzwerken permanent den Tanz der kleinen Schwäne aus seinem *Schwanensee*-Ballett, mit dem Kommentar »Wie lange noch« oder »Lust auf *Schwanensee*«. Diese Musik wurde nämlich früher in der Sowjetunion immer im Fernsehen gesendet, wenn ein Generalsekretär gestorben war. Noch vor der offiziellen Verkündung des Abgangs tanzten die traurigen Schwäne über die Bildschirme des Landes. Eine Zeit lang starben unsere Führer nacheinander wie die Fliegen, und es lief durchgehend *Schwanensee* auf allen Kanälen. In der neuen Situation wünschten sich viele den *Schwanensee* zurück als Zeichen der Hoffnung auf ein baldiges Ende des Krieges.

Pitsch wurde von beiden Seiten instrumentalisiert, dabei war der Gute vor 130 Jahren gestorben. Doch seine Musik schien alle zu überdauern, die russischen Imperialisten, die Kriegsgegner, die märchenbegeisterten Berliner und den ukrainischen Kulturminister. Die Raketen, mit denen die russische Armee auf die Ukraine schoss, konnten nicht wissen, in welcher Sprache sich die Menschen verständigten, die sie töteten, und welche Musik sie mochten, den »Tanz der Zuckerfee« oder den »Marsch der Zinnsoldaten«. Vielleicht mochten diese Menschen Tschaikowsky auch überhaupt nicht, sie wurden trotzdem umgebracht.

Auch meine Mutter boykottierte das Tschaikowsky-Embargo. Regelmäßig ging sie mit Freundinnen zu einem Tschaikowsky-Konzert irgendwo in der Stadt und ärgerte sich besonders bei chinesischen Dirigentinnen darüber, dass sie ihre Lieblingsmusik falsch interpretierten, sie zu laut und zu oberflächlich spielten. Ich hatte ihr zum 91. Geburtstag Karten für ein Tschaikowsky-Weihnachtskonzert geschenkt. Wer weiß, dachte ich, vielleicht wird er doch für eine Weile aus dem Programm genommen.

Mama hat kurz vor Weihnachten Geburtstag. Wie jedes Jahr wurde sie an ihrem Geburtstagstag in aller Frühe aus dem Bett geklingelt. Ein Bote der Bezirksverwaltung kam mit Geburtstagsgrüßen, einem Blumenstrauß und der obligatorischen Broschüre »Pankow für Senioren« mit unzähligen Angeboten für Mamas Freizeit. Mama liebte diese Broschüren, sie sammelte sie in einem extra Stapel auf ihrem Nachttisch. Ihnen zufolge hatten die Senioren in unserem Bezirk praktisch keine Freizeit, sie waren rund um die Uhr beschäftigt. Sie tanzten, klöppelten, lernten Fremdsprachen, machten einander Maniküre und trafen sich jeden Montag zum Malen, allerdings erst ab 14.00 Uhr. Früher konnten sie nicht anfangen, weil sie davor im Kundalini-Senioren-Yoga den Einklang zwischen ihrem wachen Geist und ihrem trainierten Körper suchten, und das konnte bei Senioren schon mal dauern.

Nicht schlecht, dachte meine Mutter, gar nicht schlecht. Nach dem Studium der Broschüre bekam Mama regelmäßig Lust auf gemeinsame Aktivitäten und unterstrich mit Stiften verschiedener Farbe die Angebote, die für sie infrage kamen. Grün bedeutete, »sollte man auf jeden Fall tun«, blau hieß »vielleicht mal zur Probe vorbeischauen«, und rot war für »definitiv ohne mich«. Doch letzten Endes ging sie nirgendwohin, nur zu ihrem Tschaikowsky.

Auch zu Hause schaute sie sich bevorzugt Ballette an, besonders beliebt war *Schwanensee*. Die dünnen Ballerinen schwebten über die dunkle Bühne, wobei sie fast nichts anhatten. Ich zuckte jedes Mal zusammen, wenn ich sie sah. Es war kalt geworden in Berlin, und die nackten Ballerinen auf dem Bildschirm meiner Mutter sorgten für noch mehr Gänsehaut. Luftmassen aus dem Norden drückten eine Kaltfront nach Deutschland, die Temperaturen sanken unter null. Die Meteorologen schätzten die Wahrscheinlichkeit einer weißen Weihnacht auf dreißig Prozent. Doch diese Wahrscheinlichkeit war eine knifflige Sache, was bedeutete sie genau? Das wusste keiner. Die einen meinten, dreißig Prozent des Landes würden unter Schnee begraben, die anderen vermuteten, dreißig Prozent der Weihnachtszeit würde es Schnee geben, und die dritten glaubten, dass dreißig Prozent aller Meteorologen an den Schnee glaubten.

Wir fühlten uns von der Aussicht auf weiße Weihnachten bedroht. Hierzulande ist die Meinung verbreitet, Russen würden Schnee lieben. Das entspricht nicht der Wahrheit. Wir hatten in unserer Kindheit und Jugend viel zu viel davon. Meine Frau geht gar nicht aus dem Haus, wenn draußen alles weiß ist. Ihre Kindheit und Jugend hat sie auf Sachalin verbracht, einer Insel zwischen Japan und Sibirien, auf der ihre Eltern als Geologen arbeiteten. Das Meer dort war fast das ganze Jahr über zugefroren, das Eis fing erst im Juni langsam an zu schmelzen, und nur während zwei Monaten konnten Schiffe alles Notwendige für die Geologen und ihre Familien auf die Insel bringen. Im September wurde der Schiffsverkehr wieder eingestellt. Bis dahin schaffte man es aber nie, die Geschäfte komplett mit Waren aufzufüllen.

Alle auf der Insel lebenden Geologen, auch die Eltern meiner Frau, verdienten gutes Geld. Sie bekamen das Doppelte eines Durchschnittsgehalts plus Schlechtwetterzulage plus Gefahrenzulage, weil es auf der Insel regelmäßig Erdbeben gab. Sie konnten sich zu den reichsten Bürgern der Sowjetunion zählen. Doch sie konnten dieses Geld nicht ausgeben. Wegen der kurzen Phase, in der die Insel per Schiff erreichbar war, gab es dort so gut wie nichts zu kaufen. Das Einzige, was es im Überfluss und umsonst gab, war Schnee. Er fiel jeden Tag einfach so vom Himmel. Als Kind musste meine Frau durch eine Art Eistunnel zur Schule gehen. Die Schneeberge waren zu hoch, um sie mit dem Bagger beiseiteräumen zu können. Die Schüler schafften es in der Pause zwischen zwei Unterrichtsstunden, Schneemänner und Schneefrauen in Menschengröße zu bauen. Die Mädchen bauten sich Schneepuppen, die Jungs bauten Schneeburgen und veranstalteten Schneeballschlachten. Die Fußgänger begrüßten sich nicht mit

»hallo« oder »guten Morgen«, sondern sagten: »Pass auf, Nase!« oder »Vorsicht, Wangen!«. Es passierte auf Sachalin nämlich schnell, dass einem Gesichtspartien einfroren, ohne dass man selbst es merkte. Doch andere sahen sofort, wenn jemand eine schneeweiße Nase hatte. Auf diese Weise angesprochen, blieben die Leute in der Regel stehen und rieben sich die erfrorenen Stellen im Gesicht mit Schnee ein.

Alle Erinnerungen meiner Frau an ihre Kindheit haben mit Schnee zu tun. Das Kindertanzkollektiv, in dem sie als Siebenjährige tanzen lernte, hieß Schneeflöckchen, das Restaurant, in dem die Familie ihre Feste feierte, hieß Der Eisbär und das Café gegenüber hieß Frost. Sie hatten dort allerdings sehr gutes Eis zu bieten. Ich glaube, jeder Mensch hat ein Trauma aus seiner Kindheit, das er sein Leben lang mit sich herumschleppt. Bei meiner Frau hat das natürlich mit Schnee zu tun.

Im Weihnachtsmärchen, das zum Ende des Jahres an ihrer Schule aufgeführt wurde, spielte meine Frau einen Fuchs. Der Fuchs war eine Nebenrolle fast ohne Text. Es ging um einen Interessenkonflikt: Der böse Wolf versuchte, den guten Kindern die Geschenke zu klauen, die unterm Tannenbaum lagen. Der Fuchs war nur ein Mitläufer dieses Wolfs und sagte nur einen Satz: »Haha, unser Sieg ist unvermeidlich!«

Der böse Wolf wurde von Alexander gespielt, dem größten und dicksten Kind in der Klasse. Alexander wog mehr als die Klassenlehrerin und war zwei Köpfe größer als seine Mitschüler. Die guten Kinder in der Inszenierung, die den Tannenbaum bewachen sollten, machten sich Sorgen, ob sie gegen Alexander als Wolf auf der Bühne bestehen konnten. Deswegen beschlossen sie, dem Wolf noch vor seinem Auftritt vorsorglich hinter der Bühne den Garaus zu machen. Sie überfielen ihn hinterrücks, zerrten ihn nach draußen, warfen ihn in eine Schneegrube und verschlossen die Tür. Der Fuchs versuchte vergeblich, den Wolf aus dem Schnee zu ziehen, er war zu schwer. Also musste der Fuchs alleine den bösen Part übernehmen. Als im entscheidenden Moment der Vorhang aufging, war der Wolf nicht da, nur der kleine Fuchs wuselte mit schneeweißen Fingern unter dem Baum, zitterte und wiederholte mit knisternder Stimme: »Unser Sieg ist unvermeidlich.« Alle Eltern und Lehrer im Saal lachten.

Ihr Abitur feierte meine Frau Ende Juni am Ufer des zugefrorenen Meers. Gleich danach verließ sie die Insel und wollte nie wieder im Leben auch nur eine Schneeflocke sehen. Trotzdem bekommt sie jedes Jahr zur Weihnachtszeit schneeweiße Finger als Erinnerung an ihre Heimat. Wenn sie sich dann die Nägel knallrot lackiert, sieht sie so gefährlich aus wie die Schneekönigin, die gerade Kai und Gerda zum Frühstück vernascht hat.

Unsere Tochter lackierte sich gleich zu Beginn des Krieges die Nägel in den Farben der ukrainischen Flagge aus Solidarität mit der Ukraine. Die Vietnamesin, die sie im Nagelstudio bediente, fragte Nicole, ob sie aus der Ukraine stamme.

»Nein«, sagte Nicole, »aber meine Urgroßeltern kommen aus Odessa.«

Die Vietnamesin machte zwischen Großeltern und Urgroßeltern keinen Unterschied und fragte Nicole von da an jedes Mal, wenn sie an dem Laden vorbeiging: »Hey, wie geht es Oma und Opa?«

»Geht gut, danke der Nachfrage!«, antwortete meine Tochter. Sie hat die Nagelfarbe seitdem mehrmals gewechselt. Der Krieg war alt und hässlich, kein Mensch konnte ein Jahr lang dieselbe Nagelfarbe tragen. Als farbenfroher Mensch bemalte Nicole zu Hause auch ihre Möbel und Wände, bei der Arbeit fertigte sie mit Buntstiften krakelige Zeichnungen an. Sie hatte einen Job bei der freien Enzyklopädie Wikipedia und wurde dort als Telefonkraft in den alljährlichen Spendenaufruf einbezogen, der diesmal unter dem Motto »Nützlich für die Menschheit« stattfand. Im Rahmen ihrer Arbeit sollte sie am Telefontraining »Kundensupport für Spenden und Mitglieder« teilnehmen. Eine Fachkraft war extra vom mittelhessischen Gebirge nach Berlin herabgestiegen, um den jungen Menschen beizubringen, wie sie am Telefon mit der Menschheit am besten klarkamen. Zu diesem Zweck wurde die Menschheit ähnlich wie Mamas Seniorenaktivitäten in vier Farben aufgeteilt:

Gelb war der kreative Typ, hilfsbereit, aber ein wenig verpeilt. Er grüßte am Telefon nicht förmlich, sondern kreativ, sagte »Hallo« oder »Moin« und manchmal sogar »Grüß Gott«. Die Gelben wollten, dass alle sich wohl fühlten und machten ständig Witze. Das sollte aber die Supporter nicht verwirren. Die Gelben seien schon nett, man müsse sie bloß an die Hand nehmen und alles dreimal erzählen, weil sie einem nicht richtig zuhörten. Sie nickten zwar, vergaßen aber alles sofort wieder.

Die Blauen waren die Hilfsbereiten, die »Einen schönen guten Tag« sagten und auf der Straße sofort anhalten würden, wenn jemand eine Panne hatte. Sie riefen nur an, um zu helfen.

Die Grünen waren Autisten, die alles aufzählten und wiederholten: Mein Name ist so und so, ich habe dies und das gespendet und brauche nun eine Bescheinigung fürs Finanzamt, fürs Sozialamt, fürs Arbeits-, Gesundheits-, Ordnungs-, Süßes-und-Saures-Teufelsamt. Man musste Geduld mit ihnen haben.

Und dann gab es noch die Roten, die geborenen Chefs, die am Telefon statt einer Begrüßung »Hier Mayer« sagten. Das waren Menschen, die im Fahrstuhl fünfmal auf denselben Knopf drückten, bevor die Tür zuging. Man durfte ihnen nicht widersprechen, sonst rasteten sie sofort aus. Zu den Roten konnte man nicht sagen: »Darf ich helfen?«, und man durfte sich vor ihnen nicht entschuldigen. Stattdessen musste man sagen: »Herr Mayer, ich kann sehr gut nachvollziehen, dass Sie wütend sind.«

Je nachdem, welche Farbe die Person am anderen Ende hatte, musste der Supporter seine Sprache und seine Haltung ändern. Doch wie erkannte man, zu welcher Farbe die anrufende Person gehörte? Dafür benutzte die Trainerin aus dem Taunus ein Beispielszenario aus der Natur. »Stellen Sie sich vor«, sagte sie, »eine Gruppe von Leuten geht durch den Wald und bleibt plötzlich vor einem umgefallenen Baum stehen. Wie würden die unterschiedlich gefärbten Personen reagieren?« Die Teilnehmer wurden in Gruppen aufgeteilt und mussten die verschiedenen Rollen übernehmen.

Am Abend vor Weihnachten schlief ich vor dem Fernseher ein. Ich träumte von Tschaikowskys Ballett, vom *Nussknacker*. Zu einer wunderschönen Musik führte der Nussknacker eine Gruppe von Zinnsoldaten durch den Wald. Sie waren alle unterschiedlich gefärbt. Der Blaue half allen über einen umgestürzten Baumstamm, der Gelbe machte Witze darüber, der Grüne fragte, wieso hier ein Baum läge? Wem nütze das? Wer sei schuld? Und der Rote rastete aus.

Sankt Martin

Als wir aus unserem materialistischen Vaterland in das romantische Deutschland auswanderten, hatten wir keine Ahnung von den hiesigen religiösen Sitten und Festen. Jedes Jahr im November zogen große Kindergartengruppen und Grundschulabsolventen in Begleitung ihrer Eltern mit brennenden Laternen singend an unseren Fenstern vorbei. Der Umzug endete jedes Mal an einem Kinderspielplatz, wo die Erwachsenen dann Würste aßen und Glühwein tranken, während die Kinder ihre Laternen auseinander nahmen, um zu gucken, wie sie funktionieren.

»Bald ist Sankt Martin«, hieß es Anfang November im Kindergarten, also mussten die Kinder Laternen basteln und die Eltern Würste einkaufen. Wer dieser Sankt Martin eigentlich war, fragten wir nicht. Wahrscheinlich ein Prediger, der sich für das Laternetragen und Würsteessen schon im Mittelalter eingesetzt hatte. Seine Botschaft wurde offensichtlich von der Menschheit mit Begeisterung aufgenommen und er selbst heilig gesprochen. Die wahre Geschichte von Sankt Martin erfuhren wir erst Jahre später, als unsere Tochter in die Schule ging. Dort, in der ersten Klasse, besuchte sie fakultativ den Religionsunterricht. In unserer materialistischen Schule hatte es so etwas nicht gegeben. Fakultativ hatten wir nur Werkunterricht: Die Jungs quälten dort eine alte Bohrmaschine und versuchten, sich gegen Wetten Löcher in die Finger zu bohren. Die Mädchen lernten derweil das Stricken. Im romantischen Deutschland wurden stattdessen fakultativ Märchen erzählt.

»Sankt Martin war ein Soldat!«, verkündete Nicole zu Hause. »Einmal ging er mit anderen Soldaten vom Krieg zurück.«

›Na, Martin?‹, fragten ihn die anderen, ›freust du dich denn nicht, dass du so gesund bist und nicht gestorben?‹

Aber Martin sagte: ›Seid still! Ich höre Stimmen!‹ Und das war die Stimme eines armen Mannes, der ganz blau war vor Kälte. Martin gab ihm ein Stück Brot und dachte, wie soll er essen, wenn er so blau ist? Dann hat Martin ein großes Stück seines Mantels abgeschnitten und dem armen Mann gegeben. Und nachts träumte er von Gott, wobei er selbst natürlich nicht wusste, dass das Gott war. Da kam einfach ein Mann in seinem Traum, er hatte Martins Mantel an und sagte: ›Ich bin Gott!‹

›Wie, du bist Gott und hast meinen Mantel?‹, wunderte sich Martin.

›Weil nämlich‹, sagte Gott, ›alles, was du den Armen gibst, bekomme eigentlich ich.‹

›Wie alles?‹, wunderte sich Martin.

›Na, fast alles‹, sagte Gott, ›fast alles bekomme ich. Und wenn du mehr wissen willst, dann geh sofort zum Religionsunterricht.‹

Martin ging zum Religionsunterricht und lernte so gut, dass die anderen ihn zum Chef machen wollten. Er aber sagte: ›Nein, nein, nein! Lieber nicht!‹, und versteckte sich im Gänsestall. Alle haben nach ihm gesucht und riefen: ›Hallo, Martin, komm raus‹, konnten ihn aber nirgends finden. Plötzlich fingen die Gänse an zu schnattern.

›Okay, okay‹, sagte Martin, »und so wurde er Chef vom Religionsunterricht«, erzählte uns Nicole.

Fünfmal haben wir uns inzwischen die Geschichte angehört und wissen bestens Bescheid. Unklar bleibt jedoch, wie der Chef vom Religionsunterricht auf die Idee mit den Laternen, Würsten und dem Glühwein kam. Wahrscheinlich wird das erst in der zweiten Klasse erzählt.

Wie Russen Weihnachten feiern

Bei uns in der Schönhauser Allee freuen sich die Vietnamesen aus dem Textil-Souvenir-Laden immer besonders auf Weihnachten. Das ganze Jahr über verstecken sie sich in ihrem Geschäft, sind kaum zu sehen hinter Bergen von Billigpantoffeln, Parfüm und künstlichen Blumen und spielen »Schiffe versenken« oder so etwas. Auf jeden Fall haben sie immer ein Blatt Papier vor sich und einen Kugelschreiber in der Hand. Vielleicht füllen sie auch irgendwelche Anträge aus oder schreiben Briefe an die Verwandtschaft. Kaum ein Kunde störte ihre Ruhe.

Anfang Dezember bekamen sie letztes Jahr eine neue Warenlieferung: christlicher Kitsch made in China – ein leuchtender Jesus für 9,99 Euro mit Stecker. Wenn man ihn anschloss, strahlte er in allen Farben des Regenbogens. Es gab außerdem noch ein beleuchtetes Bild vom Abendmahl, auf dem alle in umgekehrter Reihenfolge am Tisch saßen, und eines von der heiligen Maria mit kleinen Glühbirnen in den Augen, integriertem Lautsprecher und Akkus. Jetzt konnte man den Textilladen schon von weitem erkennen – er leuchtete und strahlte. Die Vietnamesen hofften auf guten Umsatz. Das Feuerwerk der Weihnachtsbotschaft schien aber die guten Christen eher zu verschrecken. Sie kauften lieber in den herkömmlichen Läden Weihnachtsschmuck und Pyramiden, die trotz deutscher Wertarbeit fast alle klemmten und bei dem ersten Reparaturversuch auseinanderfielen.

Während sich in Deutschland die Weihnachtsfeiern zu einem pragmatischen Rabattfest entwickeln, wobei die Bevölkerung am Jahresende alle Regale in den Geschäften leerräumen muss, feiern die Russen noch immer irrational: Die Männer betrinken sich gründlich, und die Frauen üben sich im Wahrsagen. Jedes Jahr werden neue Chiromantie-Rezepte in der Öffentlichkeit diskutiert, wobei die Fragen immer die gleichen bleiben: Was erwartet dich im neuen Jahr? Kommt dein dir vom Schicksal Vorbestimmter? Wird er gut aussehen?

»Geh am Heiligen Abend aufs Dach. Schreib auf einen Zettel deine geheimen Wünsche und zünde ihn mit einer Kerze an. Brennt der Zettel ab, wird dein Wunsch erfüllt. Geht die Flamme aus, muss du noch ein Jahr auf Erfüllung warten.«

Das hört sich zwar wie blanker Unsinn an, ist aber eine Volksweisheit, die auf tausend Jahre alte Erfahrungen zurückgeht. Die Sitte, am Heiligen Abend wahrzusagen, ist älter als das Christentum. Bevor die Russen christianisiert wurden, feierten sie wie die meisten anderen Völker der nördlichen Halbkugel im Dezember das Sonnenwendfest. Denn auch die Russen hatten frühzeitig bemerkt, dass die Sonne sich im Winter immer seltener blicken lässt, und oft für lange Zeit sogar ganz verschwindet. Die Menschen hatten Angst, sie würde nicht mehr zurückkommen. Deswegen übten sie sich im Wahrsagen. Dann aber kehrte die Sonne doch zurück, und sie übten sich im Feiern. Sie tanzten und sangen, gingen mit Holzpfählen von Haus zu Haus, klopften an alle Türen und verkündeten die frohe Botschaft: »Die Sonne ist zurück!« Jeder musste ihnen dafür Geld, Brot und Schnaps geben. Sich dumm stellen – »Ach wirklich?«, oder »Danke, ich wurde schon unterrichtet« – ging nicht. Die Sitten waren hart. Also war es für die Männer die beste Lösung als Erster mit einem Holzpfahl auf die Straße zu gehen.

Die Christianisierung Russlands hat nicht viel an diesen Gebräuchen geändert. In ländlichen Gegenden ziehen die Bewohner auch heute noch von Haus zu Haus, klopfen an alle Türen, rufen: »Kommt raus, Jesus wurde geboren!« Die Nachbarn kommen ihnen entgegen, um auf des Heilands Wohl zu trinken, dann ziehen die Männer zusammen weiter. Die Mädchen bleiben beim Wahrsagen.

»Stell ein Wasserglas, einen Spiegel und eine Kerze auf den Tisch. Schau durch das Wasser auf die Kerze in den Spiegel. Nach einer Stunde wirst du einen Ring erblicken. Ist es ein Ring aus Kupfer, kommst du in eine arme Familie. Ein Silberring bedeutet: ein guter Kerl. Ein Ring mit Stein: Du wirst einen wohlhabenden Mann treffen. Siehst du aber einen Goldring, heiratest du einen Manager.«

1918 stieg Russland zusammen mit dem Rest der Welt auf einen neuen fortschrittlichen Kalender um, weil die Wissenschaftler herausgefunden hatten, dass ein Jahr länger als 365 Tage dauert. Die russische orthodoxe Kirche weigerte sich jedoch, diesen neuen Kalender anzuerkennen. Seitdem gibt es in Russland alle religiösen Feiertage doppelt. Den Russen ist es nur recht. Am 31. Dezember wird das Neujahrfest nach dem neuen Kalender gefeiert, am 6. Januar Weihnachten nach dem alten Kalender und am 13. Januar das Neujahrsfest auch nach dem alten Kalender. Früher, im Sozialismus, wurden die Leute in den kurzen Pausen zwischen den Feiertagen gezwungen, zur Arbeit zu gehen. Vor einiger Zeit hat das russische Parlament endlich mit dieser unmenschlichen Praxis Schluss gemacht. Es wurde ein neues Gesetz bezüglich der sogenannten »Weihnachtsferien« verabschiedet. Danach werden alle Bürger für die zwei ersten Januarwochen von der Arbeit freigestellt. Vielleicht gestalten sich die Vorbereitungen auf die Winterfeste deswegen seither besonders üppig. Moskauer Zeitungen berichten, dass sich ganze Armeen von Weihnachtsmännern zum Angriff auf die Stadt vorbereiten und fast in jedem Bezirk Schlittenrennen angekündigt sind.

Wir feiern in Berlin gemischt, russisch-deutsch, zusammen mit unseren Nachbarn, einer kaputten Pyramide vom letzten Jahr und dem vietnamesischen Leucht-Jesus. Dabei verfallen wir alle kurz vor Weihnachten in einen Wahrsage- und Aberglaubenwahn ungeahnten Ausmaßes.

Denn Wahrsagen beruhigt. In einer russischen Zeitung habe ich einmal eine unkonventionelle Wahrsagemethode entdeckt, die wir bei Gelegenheit unbedingt ausprobieren müssen. Sie heißt »Frag die Katze« und ist nicht besonders aufwendig:

»Am Heiligen Abend rufen Sie Ihre Katze. Wenn sie die Schwelle des Zimmers mit der linken Pfote betritt, werden all Ihre Wünsche in Erfüllung gehen, wenn sie aber mit der rechten zuerst eintritt, dann …«

Wir bereiten das jetzt schon vor und dressieren die Katze. Wenn sie es am 24. Dezember nicht schafft, dann kann sie es am 6. Januar noch einmal versuchen. Im Moment sitzt sie gerade auf der Schwelle zwischen den Zimmern. Ihre Pfoten sind nicht zu sehen, sie sitzt nur da wie eine Fellkugel und schnurrt leise vor sich hin.

Menschen unter Tannenbäumen

Der Beginn eines neuen Jahres ist immer ein guter Grund, sein Leben zu verändern. Die Erde erreicht langsam wieder ihre Startposition, und alles Leben macht sich bereit für eine neue Runde. Was man letztes Jahr versäumt oder falsch gemacht hat, gehört ab nun der Vergangenheit an, versuchen wir es noch einmal. Viele meiner Freunde fangen in ihrem Eifer allerdings schon Anfang Dezember damit an, ihren Lebensraum umzugestalten. Zu ihnen gehört auch unsere Nachbarin Gudrun. Sie hatte sich eine neue Couchgarnitur gekauft und die Möbel in ihrer Wohnung konsequent umgestellt. Daraufhin wurde ihr Kater Schröder plötzlich wahnsinnig und erklärte seiner Besitzerin den Krieg. Er rannte durch die Wohnung und pisste überallhin, unter anderem auf die neue Couchgarnitur. Anschließend kackte Schröder auch noch in die Hausschuhe von Gudrun und brach damit das letzte Tabu des zivilen Lebens.

»Haben Sie etwa die Möbel in Ihrer Wohnung umgestellt?«, mutmaßte der Tierarzt sofort. »Wenn Sie wollen, dass Ihre Katze wieder gesund wird, stellen Sie alles so wieder hin, wie es war.«

»Das ist aber nicht mehr möglich, ich will doch ein neues Leben anfangen«, meinte Gudrun.

»Dann besorgen Sie sich auch eine neue Katze«, riet ihr der Arzt.

Meine vietnamesischen Nachbarn hatten beschlossen, noch vor Beginn des neuen Jahres ihre alte Waschmaschine zu entsorgen. Sie stellten sie vor den Hauseingang, in der Hoffnung, dass sie über Nacht von selbst verschwinden würde. Wahrscheinlich hätte sie das in vielen Teilen der Welt auch getan, aber nicht in Berlin. Schon bald mussten meine Nachbarn die bittere Erfahrung machen, dass Waschmaschinen hier nicht so leicht von der Straße verschwanden. Das gute alte Stück stand drei Tage vor unserem Haus und entfernte sich nicht einmal einen Meter weit von der Tür. Ständig mussten sich die Vietnamesen die Beschwerden der anderen Nachbarn anhören. Enttäuscht trugen sie das Ding nach drei Tagen wieder in ihre Wohnung, wo sie es mit einem seidenen Tuch abdeckten.

Meine Tochter kündigte an, sie wolle dieses Jahr vom Weihnachtsmann keine kleine niedliche Puppe haben, weil sie nun schon fünf Jahre alt und folglich kein Kleinkind mehr sei. Deswegen wünsche sie sich diesmal ausnahmsweise eine ganz große, ausgewachsene Puppe, so eine vierzigjährige, meinte sie. Außerdem solle diese vierzigjährige Puppe männlich sein, einen Anzug mit Krawatte tragen und einen Aktenkoffer besitzen. Was meine Tochter mit einer solchen Puppe für Spiele veranstaltet, hält sie geheim.

Meine Mutter bekommt zu Weihnachten von ihrem russischen Zahnarzt einen Gutschein geschenkt – für »neue deutsche Zähne«, wie er ihr bereits ankündigte.

Langsam breitet sich eine festliche Stimmung in unserem Haus aus. Unten in der Bäckerei wird schon seit Wochen Erdbeerkonfitüre in klitzekleinen Dosen umsonst verteilt, außerdem werden Riesen-Kuchenherzen mit der Aufschrift »Verzeih mir« und »Ich wünsch dir was« angeboten. Aber im Großen und Ganzen weiß man eigentlich noch nicht, was die Berliner sich von dem neuen Jahr versprechen. Wir wünschen allen auf jeden Fall ein dickes Bündel Euro in der Tasche, viel Spaß und ein bisschen Schnee vor dem Fenster. Kurzum: ein gutes neues Jahr.

Das Christkind retten

»Wenn ich Zeitung lese oder fernsehe, denke ich, die Menschen haben keine Chance. Nur ein Wunder kann die Welt noch retten«, meinte meine Mutter trocken.

»Wunder passieren, Mama«, sagte ich.

»Selig sind die, die daran glauben«, lachte sie.

Und dann, kurz vor Weihnachten, passierte doch ein Wunder. Ein Christkind lief uns über den Weg. Es war sehr klein und für den Winter schlecht angezogen, trug Hausschuhe, und seine dunkelblonden Locken waren nass vom Nieselregen. Laut Kalender sollte es auch erst in einer Woche auf die Welt kommen, es war also eine Frühgeburt. Das Kind zitterte, ging aber zielgerichtet durch die Dunkelheit Richtung Schönhauser Allee, wahrscheinlich, um die christliche Botschaft zu verbreiten. Wir holten es ein und riefen: »Hallo, Kind, wo willst du hin?«

»Ich gehe zu meinem Vater, er arbeitet dort«, sagte das Kind und zeigte in die Dunkelheit.

»Der ist bestimmt aus dem Kindergarten entlaufen«, meinte meine Mutter. Bei den »Mauerblümchen« stand das Tor nämlich ständig offen.

Wir nahmen das Kind an beiden Händen und gingen mit ihm zurück. Meine Mutter hatte recht gehabt. Die Kinderbetreuungsstätte »Mauerblümchen« stand offen, und mehrere Blümchen irrten in der Dunkelheit umher, von ihren Omas und Müttern verfolgt. »Sophie, komm sofort zurück!«, »Johannes, mach mich nicht traurig! Komm raus!«, hörte man in der Dunkelheit.

Ich suchte die Erzieherin, um das Christkind zu übergeben. Sie wunderte sich sehr. »Wo warst du denn, David?« David schwieg betreten.

»So«, sagte ich, »das Christkind ist wieder im Stall, wir können nach Hause gehen.«

»Und wieso das?«, fragte meine Mutter mich. »Wieso im Stall?«

Nach einem kurzen Gespräch stellte ich fest, dass meine Mutter die Geschichte mit dem Christkind eigentlich nicht kannte. In einem atheistischen Land geboren und aufgewachsen hatte sie die christliche Mythologie irgendwie verpasst. Seit einem Vierteljahrhundert in Deutschland, hat meine Mutter nie nach deutscher Manier Weihnachten gefeiert. Sie hat keinen Stollen gebacken und keinen Weihnachtsmarkt besucht.

»Mama! Wir müssen das unbedingt nachholen! Lass uns zum Weihnachtsmarkt gehen, ich erkläre dir das Krippenbild«, meinte ich.

Der nächste Tag war ein Sonntag, der letzte Advent. Draußen hatte es 15 Grad plus, und alle Meteorologen waren sich einig, es würde in diesem Jahr keine weißen Weihnachten geben. Die Glühweinverkäufer blieben auf ihrem Punsch sitzen, die Bürger tranken lieber ein kühles Bier. Meine Mutter freute sich und sagte, sie würde gerne aus dem Hamsterrad des Alltags aussteigen. Seit Jahren besucht sie immer die gleichen Einrichtungen: Mittwochs fährt sie nach Lichtenberg Englisch lernen, freitags gehen wir zusammen schwimmen, montags muss sie zum russischen Lebensmittelladen, Wunderfisch kaufen, und einmal im Monat geht sie ins Konzert.

Wenn die Schwiegermutter zu Besuch kommt, gehen wir mit der ganzen Familie chinesisch essen in einem kleinen stilvollen Restaurant, »Erster Vorsitzender« genannt, mit Mao-Porträts an den Wänden und gemalten chinesischen Pionieren, die unter roten Fahnen salutieren. Wir sitzen am Drehtisch, und beide Mütter vertiefen sich in die Vergangenheit, in die Zeit, als die Sowjetunion und China noch große Freunde waren und Rücken an Rücken gegen den amerikanischen Imperialismus kämpften.

»Das war vielleicht eine heiße Zeit«, nickte meine Mutter einmal nachdenklich.

»Das war Kalter Krieg, Oma«, bemerkte das altkluge Enkelkind, das sich in der 11. Klasse für den Leistungskurs Geschichte entschieden hatte und seitdem mit seinen neu erworbenen Kenntnissen prahlte.

»Manchmal ist die heißeste Zeit eines Lebens der Kalte Krieg«, versuchte ich Sebastian aufzuklären.

Doch meine Belehrungen kamen bei ihm nicht an. In der Schule lernten sie anderes, Moderneres.

»Erzähl mir die Geschichte der Sowjetunion in Stichpunkten«, bat mich Sebastian neulich. »Ich muss zu dem Thema eine PowerPoint-Präsentation machen. Ich brauche drei, vier Stichpunkte.«

»Die Sowjetunion ist ein großes Land mit langer Geschichte, man kann sie nicht in Stichpunkten erzählen.«

»Jede Geschichte kann man in Stichpunkten erzählen!«, erwiderte mein Sohn.

Die Jugend hat immer recht. Ich beschloss also, auf dem Weihnachtsmarkt meiner Mutter die Geschichte vom Christkind in Stichpunkten zu erzählen. Dazu brauchten wir am besten ein großes Krippenbild. Zu welchem Weihnachtsmarkt sollten wir gehen?, überlegte ich. In Berlin ist die Anzahl der Märkte schier unübersichtlich geworden. Es gab Hunderte. Unter anderem einen Kunstweihnachtsmarkt, auf dem handgeschnitzte Christkinder und Kreuze verkauft wurden, einen mittelalterlichen, wo Wurst- und Getränkeverkäufer bei jedem Wetter in Sandalen herumliefen, es gab einen proletarischen mit lauter Schlagermusik und Kotzpfützen, es gab sogar einen japanischen Weihnachtsmarkt, auf dem Sushi und Sake statt Wurst und Glühwein serviert wurden. Längst waren diese Orte zu Konsummeilen geworden mit Schießstand und Riesenrad, aber mit Krippenbild? So etwas war nicht mehr zwangsläufig vorhanden.

Uns war hinter dem Alexanderplatz ein großer Skandal-Weihnachtsmarkt mit einem herausragenden Riesenrad aufgefallen, das jedes Jahr in die Schlagzeilen geriet. Anscheinend zog dieses Gerät Perverse und Selbstmörder an. Vor einigen Jahren war ein Exhibitionist darunter gestanden und hatte jedes Mal, wenn eine Kabine vorbeifuhr, seinen Mantel aufgemacht, sodass die Mädchen kreischten. In einem anderen Jahr war ein Lebensmüder von oben heruntergesprungen. Er hatte sich extra eine Kabine mit einem frisch verliebten Pärchen ausgesucht, das ununterbrochen schmuste. Der Mann hat sie sehr freundlich angesprochen, ihnen zu ihrer Liebe gratuliert und ein langes glückliches Zusammensein gewünscht. »Für mich aber ist es Zeit zu gehen«, sagte er, als die Kabine ganz oben angekommen war, stand auf und sprang aus der Gondel. Das Pärchen war eine Weile unter Schock und musste vom Weihnachtsmarktpsychiater behandelt werden.

Zu meiner Erleichterung fanden wir mit Mama auf dem Skandal-Markt das gesuchte Krippenbild. Es war in einen Wurststand integriert. Ich erzählte meine Mutter in Stichpunkten von den drei Königen, die dem Stern hinterhergelaufen waren, von Maria und wie sie sich gewundert hatte, als sie schwanger geworden war, und von Marias Mann, der seine Vaterschaft anzweifelte. Wie sie gemeinsam beschlossen, das Kind Jesus als Gottes Sohn zu verbuchen, denn irgendwie waren wir ja alle Gottes Kinder.

Weiter wusste ich selbst nicht so genau und musste improvisieren:

Als der kleine Jesus zu predigen begann, stellten sie ihn mit dem Bettchen an die frische Luft in den Stall. Frische Luft ist für Kleinkinder sehr wichtig. Sie wussten: Gott lässt nicht zu, dass sich sein Kind erkältet. Dort im Stall hat der kleine Jesus ein unglaubliches Charisma entwickelt. Er hat die Tiere christianisiert – zuerst den Esel, dann das Schaf, die Kuh und später den ganzen Rest.

»Und was haben die ganzen Würste damit zu tun?«, fragte meine Mutter.

»Gar nichts«, erklärte ich. »Die Würste kamen erst später dazu. Auch die Krippenbilder haben sich mit der Zeit verändert. Sie sind vom Abbild des Glaubens zum Abbild des Konsums geworden. Früher hatten die Heiligen auf den Bildern große Augen und kleine Münder. Die Augen galten als Spiegel der Seele, durch sie konnte Gott ins Innerste der Menschen blicken, der Mund war bloß für die Magenspiegelung zuständig. Doch mit der Entwicklung des Kapitalismus wurden die Münder auf den Bildern immer größer und die Augen immer kleiner.«

»Siehst du, der Welt ist doch nicht mehr zu helfen«, stellte meine Mutter fest.

»Der Welt vielleicht nicht, aber das Christkind haben wir doch gerettet«, fügte ich hinzu.

57 Haselnüsse für Aschenbrödel

Unsere Katze Mathilde schnarchte Tag und Nacht. Bereits Anfang Herbst hatte ihr alljährlicher Fellwechsel begonnen, blieb aber mitten in dieser anspruchsvollen Metamorphose auf halbem Weg stecken, was aussah, als wären auf einmal zwei Katzen in einer. Oberhalb der Gürtellinie blickte uns ein junges Tier mit glänzendem neuen Fell entgegen, während die hintere Katze aussah wie die alte, von Faschisten zerschossene Pelzmütze eines belarussischen Partisanen.

Für mich symbolisierte Mathilde damit den bevorstehenden Jahreswechsel. Im Geiste waren wir schon längst im Jahr 2021 angelangt. Wir schauten sehnsüchtig in die Zukunft, das neue Jahr sollte uns aus dem Albtraum der Pandemie wecken, uns von der Angst befreien, eines vorzeitigen qualvollen Todes zu sterben.

Die Engländer hatten schon vor Weihnachten mit dem Impfen begonnen. Und die Russen hätten schon längst das halbe Land geimpft, wenn die Gesundheitsministerin nicht gesagt hätte, man solle 42 Tage Abstinenz halten, damit die Impfung richtig greife. Sie hatte nicht gesagt, ob es um 42 Tage vor oder nach der Impfung ging – oder vielleicht sowohl als auch? Und was war mit der zweiten Spritze? Die russischen Impfzentren blieben erst einmal leer. Doch irgendwie fühlten sich die Menschen sofort gesünder, wenn sie an das neue Jahr dachten.

Gleichzeitig steckten wir noch immer mit Kopf und Kragen in dem alten, vom Virus befallenen 2020. Wir durften nicht reisen, durften keine Freunde treffen, nicht nach Lust und Laune Weihnachten feiern, sondern mussten uns streng an die Infektionsschutzverordnungen halten. Diese erlaubten uns ausnahmsweise an den Feiertagen eine Zusammenkunft von zwei Haushalten, aber nur, wenn der Weihnachtsmann nicht klingelte. Der zählte nämlich als fremder Haushalt. Sollte der Weihnachtsmann trotzdem erscheinen, so rieten Juristen, sollten wir ihm nicht die Tür aufmachen. Er sollte seine Geschenke vor der Tür abstellen und schnell wieder verschwinden. Das warf etliche ethische Fragen auf. Wie sollten Eltern ihren Kindern erklären, dass der Weihnachtsmann die Wohnung nicht betreten durfte? Möglicherweise wäre er dann beleidigt und würde gar nicht mehr kommen. Auch nächstes und übernächstes Jahr nicht.

Für das kommende Jahr prophezeiten die Ökonomen als Folge der Pandemie die größte humanitäre Katastrophe des Jahrhunderts. Aber das interessierte erst einmal niemanden, wir waren mit diesem Jahr noch gar nicht fertig. Es steckte gewissermaßen noch in der Verpuppung. So ähnlich wie Mathilde. Jeden Morgen vor dem Frühstück untersuchten wir die Katze in der Hoffnung, es würde mit der Verwandlung vorangehen. Nichts da. Kopf und Schwanz passten überhaupt nicht mehr zusammen. Würden Katzen wie Menschen nur online per Videokonferenzen mit der Außenwelt kommunizieren, wäre das gar nicht aufgefallen. Doch offline sah das Tier aus wie ein in der Mitte zusammengeklebtes Gesamtkunstwerk. Als könne es sich nicht entscheiden, ob es das alte eklige Fell wirklich ablegen sollte. Immerhin war es in dem alten Look durch dick und dünn, durch Feuer und Flammen gegangen. So viele schöne Erinnerungen und grausame Begegnungen steckten darin. Und jetzt? Einfach so wegschmeißen? Von dem neuen Fell wusste man schließlich noch gar nicht, ob es wirklich so gut war, wie es momentan aussah. In ihrer inneren Zerrissenheit simulierte die Katze den Winterschlaf. Sie schnarchte. Durch ihr ständiges Schnarchen wurde die Grenze zwischen Tag und Nacht noch undeutlicher.

Am Ende des Jahres begann der Tag in Brandenburg traditionell mit starkem Nebel, der sich nach einigen Stunden in eine feine Dämmerung verwandelte. Am Nachmittag ging ich durch das Dorf, um die Weihnachtsgirlanden der Nachbarschaft zu inspizieren. Wenn mich Berliner Freunde auf dem Land besuchten, verwechselten sie die höfliche Zurückhaltung der Brandenburger oft mit deren völliger Abwesenheit und beharrten darauf, in unserem Dorf würden keine Menschen leben. Das stimmte natürlich nicht. Allein der bunte Weihnachtsschmuck, die Girlanden an den Hausfassaden, die leuchtenden Tannenbäume in den Vorgärten und das Flimmern der Fernsehgeräte hinter den Wohnzimmerfenstern bewiesen, dass es hier viele Menschen gab. Sie blieben bloß gerne unsichtbar und wollten niemandem mit ihrer Gastfreundlichkeit auf die Pelle rücken. Sie hielten nichts von inhaltsloser, geräuschvoller sozialer Kommunikation. Mehrmals war ich schon Zeuge gewesen, wie ein Nachbar beim anderen Eier kaufte, ohne dabei ein Wort zu verlieren. In solchen Momenten glaubte ich, die Brandenburger seien Telepathen, sie könnten als einzige Erdbewohner Gedanken lesen. Wenn es auch recht schlichte Gedanken waren: 10 Eier = 2 Euro, passend, wenn's geht.

Sehr lange wurden die Brandenburger für ihre Zurückhaltung verspottet, von den Großstadtmenschen, von den gesprächigen Rheinländern, von den Berlinern mit Schnauze und den oktoberfesten Bayern. Nun hatte die Pandemie die Brandenburger zu einem Vorbild für ganz Deutschland gemacht. Unter den Telepathen war kein einziger Superspreader zu finden, das machte das Land stolz. Sie hatten schon immer alles richtig gemacht und auch ohne Viren sozialen Abstand eingehalten, Homeoffice betrieben, waren nicht nach Italien in den Urlaub geflogen, hatten nicht im Chor gesungen und einander nicht ins Gesicht gehustet.

Vier Tage pro Woche verbrachte ich auf dem Land, drei Tage in Berlin, um Mama und die Kinder zu besuchen. In diesem Land-Stadt-Rhythmus ließ sich der sogenannte Teil-Lockdown gut aushalten. Er war der Bevölkerung Anfang November als »Wellenbrecher« vorgestellt worden, verwandelte sich jedoch im Lauf der Zeit in einen »Wellenreiter«. Er verlängerte sich immer weiter. Die Zahl der Neuinfizierten stagnierte bundesweit auf hohem Niveau. Möglicherweise hatten sich die Menschen also doch nicht im Theater oder Restaurant, sondern im Konsumrausch in den Shoppingmalls angesteckt. Um aber kurz vor Weihnachten auch noch die Malls zu schließen, fehlte es der Regierung an Mut. Die Politik stieß an ihre Grenzen, sie konnte uns alles Mögliche, aber keine reine Vernunft mit Dauerwirkung einimpfen.

Meine Mutter ging in Berlin trotz aller Gefahren jeden zweiten Tag einkaufen. Sie kochte viel, und als einziger Esser konnte ich ihren Erwartungen nicht genügen. Auf dem Land verordnete ich mir extra eine Diät, damit mich die Mutter in Berlin mit Essen vollstopfen konnte. Es brachte aber kaum etwas.

»Ich bin enttäuscht, mein Sohn, du hast heute sehr wenig gegessen«, sagte Mama jedes Mal, wenn ich mich stöhnend vom Küchentisch weglehnte. »Vielleicht möchtest du etwas Süßes? Ich habe deine Lieblingskekse mit Orangenmarmelade, Marzipan, Schokonüsse und die Sahnetörtchen Napoleon.«

»Nein danke, lass uns lieber Schach spielen«, versuchte ich Mama abzulenken.

»Könnte es sein, dass du ein bisschen zugenommen hast?«, fragte sie plötzlich unvermittelt.

Ich sah in ihren Kommentaren eine deutliche Widersprüchlichkeit und machte meine Mutter darauf aufmerksam. »Du kannst nicht von mir verlangen, dass ich hier alles aufesse und gleichzeitig schlank bleibe! Das eine schließt das andere aus.«

Die Mutter überlegte kurz. »Ja«, sagte sie. »Ja und nein. Ich habe im Internet viel über gesunde Ernährung gelesen. Du isst in der falschen Reihenfolge. Wenn du das, was ich gekocht habe, in der richtigen Reihenfolge essen würdest, würdest du abnehmen.«

Nach dem Essen spielten wir gewöhnlich Schach. Ich hatte in meinem ganzen Leben noch nie so viel Schach gespielt wie in dieser Pandemie. Mitten im Lockdown bekamen wir den heißen Tipp, es gäbe da eine neue Netflix-Serie über ein Mädchen, ein Waisenkind, das im Heim Schachspielen lernte, alle Turniere gewann und sogar den allmächtigen russischen Champion besiegte, und das noch dazu in seiner Heimat, wo angeblich alle vom Kindergarten an wie Großmeister spielen. Mein Sohn hatte die Serie entdeckt und sie mir und seiner Mutter empfohlen. Ich habe sie dann meiner Mutter empfohlen, und so kam es, dass die ganze Familie auf einmal große Lust bekam, Schach zu spielen.

Mein Sohn wurde von seinen Freunden, die die Serie ebenfalls gesehen hatten, auf seine russischen Wurzeln angesprochen und gefragt, ob es stimme, dass alle Russen so gut Schach spielten, und ob er das auch könne. Sebastian konnte schon Schach spielen, er wusste, wie die Figuren hießen und wie die Züge auszuführen waren. Doch von der Kunst eines Großmeisters war er weit entfernt. Er war auch nicht so gut wie die Russen im Film. Er wollte seinen Freunden gegenüber aber das Märchen von der besonderen russischen Schachspiel-Kompetenz aufrechterhalten und begann, Tag und Nacht zu trainieren. Er spielte online gegen fremde Menschen Blitzschach, er schaute sich auf YouTube die gängigen Eröffnungen an, er stellte kluge Fragen, machte Fortschritte und hat mich mit einer mir unbekannten Springerkombination überrascht. Er hat sogar gegen seine Oma gewonnen, die 1957 bei der Schachmeisterschaft des Moskauer Instituts für Maschinenbau immerhin den vierten Platz errungen hatte.

»Und? Gibt es noch andere Serien, die du uns empfehlen könntest?«, fragten wir Sebastian. »Vielleicht können wir noch mehr lernen als nur Schachspielen?« Doch die anderen von dem Sohn empfohlenen Serien haben uns nicht wirklich mitgerissen. Die meisten waren in Amerika gedreht worden, und den Drehbüchern konnte man in der Regel entnehmen, wie das Volk tickte. Demnach schienen den Amerikanern zwei Dinge besonders wichtig zu sein: den Zusammenhalt und die Hierarchie in der Familie zu bewahren und das heilige Recht, bei jeder Auseinandersetzung von ihren Schusswaffen Gebrauch zu machen. Dementsprechend waren ihre Serien eine Mischung aus Familiendrama und knallharter Action. Wenn die Worte versagten, und sei es in einem Generationenkonflikt oder bei Unstimmigkeiten im Haushalt – nicht abgewaschenes Geschirr, ein nicht eingehaltener Putzplan –, schon wurde die halbe Familie über den Haufen geschossen. Am Anfang der ersten Staffel wusste man, spätestens nach sieben Folgen wären alle tot.

Russische Serien drehten sich dagegen immer im Kreis. Die Menschen versuchten mit aller Kraft, irgendeine Veränderung in ihrem Leben durchzusetzen, aber es passierte rein gar nichts. Am Ende der zehnten Staffel war alles noch genauso wie am Anfang, als wäre die Zeit stehen geblieben.

Die deutsche Erfolgsserie zu Weihnachten hieß *Barbaren*, und es ging um die Schlacht im Teutoburger Wald. Die Geschichte, fein gelöst als Mischung aus *Dschungelcamp* und *Gute Zeiten, schlechte Zeiten*, wurde ziemlich intelligent aus verschiedenen Blickwinkeln erzählt: aus Sicht der Römer und aus Sicht der Germanen, die schon als Barbaren unglaublich fortschrittlich in puncto Gleichberechtigung und sozialem Zusammenhalt waren.

Nebenbei gesagt waren alle diese Serien nur als kostenpflichtiges Streaming oder von russischen Piraten in schlechter Qualität und mit dürftiger Übersetzung zu haben. Das öffentlich-rechtliche Fernsehen ließ die Menschen in Deutschland in der Pandemie im Stich.

In Zeiten der Quarantäne waren besonders die Älteren mehr als sonst auf ihren Fernseher angewiesen. Schließlich durften sie von den jüngeren Generationen nicht besucht werden. Und so blieb der Fernseher für viele über Wochen der einzige Freund, der einzige treue Angehörige des eigenen Haushalts, der einzige Gesprächspartner, das einzige Licht am Ende der Nacht. Die weite Welt war auf die Größe des Fernsehbildschirms geschrumpft. Und was hatte das deutsche Fernsehprogramm an den traurigsten Feiertagen des Jahres zu bieten? *Drei Nüsse für Aschenbrödel* und das 19 Mal hintereinander. Also insgesamt 57 Nüsse in sechs Tagen. Meine Mutter und ihre beste Freundin Tante Inge fühlten sich irgendwann von Aschenbrödel beobachtet. Kaum schalteten sie einen deutschen Fernsehsender an, war sie da und guckte.

Die Gründe für die Entscheidung der öffentlich-rechtlichen Sender, denselben Film 19 Mal zu zeigen, waren für mich nicht nachvollziehbar. Gut, früher war dieser Film in ganz Deutschland beliebt, viele Paare haben zu dessen Soundtrack geheiratet. Das Lied »Believe in the Hazelnuts« – auf gut Deutsch: »Glaub an die Nüsse« – in einer Aufnahme des Kinderchors »Dresdner Spatzen« hatte jedes zweite Paar aufs Standesamt begleitet. Seitdem sind aber hundert Jahre vergangen.

Viele dieser Nüsse sind längst geknackt worden, manche sind inzwischen taub und einige von ihnen wahrscheinlich Corona zum Opfer gefallen. Und viele Überlebende fragten sich, was das sollte?

Die beste Freundin meiner Mutter beschwerte sich, sie fühle sich krank, sobald sie das Fernsehgerät anmachte. Tante Inge war in der letzten Zeit zum Hypochonder geworden. Sie ging jeden Tag zum Arzt wie zur Arbeit und bildete sich ständig neue Leiden ein, hauptsächlich Corona-Symptome. Mal hatte sie einen zu hohen Blutdruck, mal konnte sie keine Gerüche mehr wahrnehmen. Der Arzt riet ihr ausdrücklich, sich nicht vom Nachrichtenstrom leiten zu lassen. Jeden Tag die Nachrichten zu lesen sei in der heutigen Zeit brandgefährlich: »Das ist, als würden Sie Ihren Körper und Ihren Geist permanent vergiften!«, erklärte ihr der Arzt. Doch Tante Inge konnte sich von den Nachrichten nicht lösen. Sie hatte eine »bad news«-Abhängigkeit entwickelt und konnte abends nicht mehr einschlafen, ohne zu wissen, wie viele Menschen sich an diesem Tag infiziert hatten, wie viele gestorben und wie viele genesen waren. Sie brauchte jemanden, mit dem sie über ihre Ängste und Sorgen frei reden konnte. Sie hatte das Gefühl, vom Arzt nicht ernst genommen zu werden.

Ihre eigene Familie, ihre Söhne, Enkel und Urenkel hatten beschlossen, ihre Kontakte zu Tante Inge dieses Jahr auf ein Minimum zu reduzieren. Sogar Weihnachten wollten sie ohne die physische Präsenz der Oma feiern. Von ihrem ältesten Sohn sollte sie eine Einführung in Zoom-Meetings bekommen, um als digitales Abbild ihrer selbst an der Familienfeier teilzunehmen. Sie durfte allerdings zum Weihnachtstisch der Familie ein Gericht ihrer Wahl beisteuern. Tante Inge experimentierte gern in der Küche, wobei sie keine einfachen Wege suchte und auch diesmal ein spektakuläres Gericht wählte: Karpfen in Aspik. Ein besonderes Jahr erfordere eine besondere Küche, meinte sie. Eine alte Volksweisheit zur Zubereitung von Karpfen in Aspik besagt: Der erste Fisch ist für den Mülleimer, der zweite für die Katze und der dritte für den Esstisch. Daher begann Tante Inge bereits nach dem zweiten Advent mit der Arbeit. Zwischendurch rief sie meine Mutter an, um ihre Panik loszuwerden. Die Gespräche liefen immer nach dem gleichen Muster ab.

»Shanna, ich glaube, ich habe Corona! Ich rieche nichts mehr!«

»Nur keine Panik«, sagte meine Mutter. »Woran hast du denn gerochen?«

»An Kaffee.«

»Hast du die Maske auf?«

»Natürlich nicht, für wie blöd hältst du mich?«

»Und wann hast du den Kaffee gekauft?«

»Vor anderthalb Monaten.«

»Riech doch mal an etwas anderem. Und?«

»Nichts und! Ich merke nichts … Oh mein Gott, wie schrecklich!«

»Ganz ruhig bleiben. Woran hast du jetzt gerochen?«

»Am Fisch in Aspik«, erklärte Tante Inge.

»Fisch in Aspik riecht nicht, das ist ein gutes Zeichen. Wenn Fisch in Aspik riechen würde, wäre er verdorben. Du musst an etwas anderem riechen.«

»Woran denn?«

»Mach doch mal deinen Kühlschrank auf. Was hast du kürzlich frisch eingekauft?«

»Feigen.«

»Feigen riechen doch nicht.«

»Ich habe auch Tomaten. Ich rieche jetzt an Tomaten. Ich merke nichts!«

»Wo hast du sie denn gekauft?«

»Bei Aldi.«

»Aldi-Tomaten riechen nicht, such weiter. Geh ins Bad, hast du irgendein Parfüm? Shampoo?«

»Natürlich habe ich Shampoo!«

»Dann riech mal daran! Und?«

»Nichts und!«

»Was steht auf der Shampooflasche?«

»›Mit niedrigem pH-Wert und ohne Zusatzstoffe‹.«

»Okay. Das riecht nach nichts. Wir brauchen etwas, das riecht.«

»Ich glaube, ich habe auch meinen Geschmackssinn verloren! Ich habe gerade die Tomaten probiert – nichts!«

»Das muss so sein. Die haben keinen Geschmack. Nimm dir ein Taxi und komm zu mir. Ich rufe Wladimir an, der bringt uns einen guten Wein.«

Wenn Tante Inge meine Mutter besuchte, fand sie ihren Geruchssinn eigentlich jedes Mal rasch wieder, denn in der Wohnung meiner Mutter roch es stark nach Katze. Trotzdem tranken wir sicherheitshalber noch einen guten Rotwein zusammen und hörten uns alte Opernaufnahmen auf CD an.

Die Pandemie hatte den Damen die Möglichkeit geraubt, ihrer größten Leidenschaft nachzugehen, denn vor Corona waren sie beinahe jede Woche in der Oper oder im Konzert gewesen.

»Wer weiß, ob wir überhaupt jemals wieder in einem Konzertsaal sitzen werden. Wir sind ja so alt, wie viel Zeit bleibt uns noch?«, sinnierte meine Mutter. Ich beruhigte sie nach Kräften. Aber es stimmte ja, die Musik spielte nicht mehr, es war still geworden in Deutschland. Nur das Aschenbrödel wütete im Fernsehen.

Das Land machte eine Kulturpause. Auch alle meine Lesungen wurden noch einmal und noch einmal verschoben. Einige Städte wie Frankfurt und Kiel gaben ganz auf, in Stuttgart oder Hamburg hatten die Veranstalter dagegen die Hoffnung noch nicht verloren, dass es in zwei oder drei Monaten weitergehen würde wie gehabt. Ich stellte mir immer wieder vor, wie ich im Februar, okay, vielleicht im März, gut, spätestens im April, wenn alle geimpft wären und die Kulturstätten wieder geöffnet hatten, wie ein Dschinn aus der Flasche auf die Bühne in Stuttgart oder Hamburg springen würde, vielleicht sogar im ehemaligen Corona-Hotspot Berlin: »Voilà, mein geimpftes Publikum, jeder Wunsch nach einem Kulturprogramm darf erfüllt werden! Es geht los!« Schließlich expandierte der Markt für Impfstoffe, beinahe jeden Tag kamen neue sagenhafte Zaubermittel dazu. Eine deutsche Firma behauptete, ihr Impfstoff sei zu über neunzig Prozent wirksam, der russische Impfstoff Sputnik V war es sogar zu über hundert Prozent. Laut Medienberichten sollte im Dezember die Bereitschaft der Deutschen, sich impfen zu lassen, enorm gestiegen sein, von zehn Prozent auf fast fünfzig Prozent. Wir waren fast am Ziel.

57 Haselnüsse für Aschenbrödel

Je länger der Lockdown andauerte, desto mehr identifizierte ich mich mit dem Flaschengeist. Im Durchschnitt saß ein Dschinn etwa tausend Jahre in seiner Flasche. Wie hatte er es so lange ausgehalten, allein in einer leeren Pulle? Ich wäre vor Durst gestorben. Zum Glück war meine mit gutem Rotwein gefüllt. Der Weinladen Sonnenschein, den ich einmal die Woche besuchte, sorgte zuverlässig für Nachschub.

Wintersport

Seit Jahrhunderten versuchen die Menschen die trostlose und dunkle Winterzeit mit Sport, Spiel und Spannung zu überbrücken, wobei neue Sportarten entstehen, die einiges über ihre Erfinder verraten. Die Deutschen mögen komplizierte, mit verschiedenen Gerätschaften überladene Spiele – und je mehr Regeln, desto besser. In diesem Winter staunte ich über das Eisstockschießen am Potsdamer Platz. Es wird mit vielförmigen Gegenständen um sich geworfen, wobei sie nicht auf andere Gegenstände treffen sollen, sondern knapp daneben, damit sie weiter mit anderen Gegenständen bewegt werden können. Mühsam und ordentlich werden die Eisstöcke des Gegners unter Beschuss genommen. Am Ende eines solchen Spiels ist oft unklar, wer nun wirklich gewonnen hat. So ein Eisstockschießen würde in Russland kaum jemanden reizen.

Wenn die Russen Lust aufs Spielen haben, gehen sie an die frische Luft und klopfen proletarisch-brüderlich ein bisschen aufeinander ein, bis einer umfällt. Derjenige, der stehen bleibt, hat gewonnen. Wenn aber der Umgefallene eine Stunde später mit seinen Freunden bei dem Gewinner wieder auftaucht, dann hat dieser meistens verloren.

Auch bei solch einfachen Sportarten wie Schlittschuhlaufen schaffen es die Deutschen, Regeln aufzustellen: Alle müssen sich immerzu im Kreis auf dem Eis drehen, dabei alle in die gleiche Richtung laufen und dazu noch Abstand zu dem vorderen Läufer halten. Wo bleibt da der Spaß? Ich kenne Schlittschuhlaufen anders. Wenn wir Russen uns aufs Glatteis begeben, dann geben wir sofort Gas, nehmen Anlauf und knallen mit voller Wucht gegen die Wand, am besten noch zu dritt oder viert. Je mehr es dabei kracht, desto besser.

Auch beim winterlichen Spaß »Schneemann bauen« kann ich den Kindern hier nicht ohne Bedauern zusehen. Mühsam kratzen sie stundenlang die dünne Schneeschicht vom Gras und versuchen, daraus eine Skulptur zu formen, wobei alles stimmen muss: zuerst das Unterteil, dann das Oberteil, dann sind noch ein Eimer für den Kopf und eine Möhre für die Nase erforderlich.

Wenn russische Kinder auf die Idee kommen, einen Schneemann zu bauen, dann suchen sie zuerst nach einer passenden Vorlage. Sie wählen ein ruhiges Kind aus ihren Reihen und wälzen es so lange im Schnee, bis es von ganz alleine zum Schneemann wird. Den Eimer auf den Kopf und die Möhre ins Gesicht gibt es nur auf Bestellung. Danach kann der Schneemann eigentlich schon nach Hause gehen.

Jedes Volk hat seine ganz persönlichen Macken, wenn es um Wintersport geht. Die Japaner spielen zum Beispiel überhaupt nur vor dem Fernseher – elektronisch. Sie können ihre Spielprogramme so manipulieren, dass sie immer die Gewinner sind, und niemand trägt es ihnen nach. Die Franzosen können aus ungeklärten Gründen nicht wie alle übrigen Menschen bowlen, deswegen spielen sie Boule.

Nicht uninteressant sind auch die Ostfriesen. Sie spielen im Winter Boßeln, eines der alkoholischsten und verrücktesten Spiele der Welt. Dazu schieben die Ostfriesen eine große schwere Kugel vor sich her, immer in eine Richtung die nächstbeste Landstraße entlang. Dabei kippen sie vielfältige alkoholische Getränke. Anders als sonst gibt es bei diesem Spiel weder Gewinner noch Verlierer. Die Kugel rollt immer weiter, bis der Schnaps alle ist oder die Spieler von einer Brücke fallen oder die Landstraße an einem Deich endet oder der Frühling kommt.

Unser Schwanensee

Jedes Mal, wenn wir zum Garten rausfahren, mache ich als Erstes einen Kontrollrundgang, um nachzuprüfen, ob noch alles beim Alten ist. Die Fische im Teich, das Gras auf der Wiese, die Pflanzen, die Löcher der Maulwürfe, die Katzen, das Brennholz. Zuletzt schaue ich nach, ob mein Nachbar, Herr Köpke, noch da ist, beziehungsweise, ob der Adventskranz an seinem Küchenfenster leuchtet. Bei Herrn Köpke leuchtet der Adventskranz nämlich nicht nur zur Weihnachtszeit, sondern das ganze Jahr über. Ich habe mich nie getraut, nach dem Grund dafür zu fragen. Vielleicht hat ihm die Lichterdekoration beim Aufhängen vor dreißig Jahren so gut gefallen, dass er sie nicht mehr abnehmen wollte.

Brandenburg ist übrigens die Heimat des Weihnachtsmannes. Eine ehemalige Nachbarin von uns aus dem Schrebergarten, die ebenfalls aufs Land, nach Himmelpfort, gezogen ist, besuchte uns einmal in Glücklitz und erzählte, der Weihnachtsmann persönlich würde in ihrem Dorf leben und in Wirklichkeit Uwe heißen. Vielleicht hat der Weihnachtsmann Uwe Herrn Köpke den Kranz geschenkt und gesagt, wehe, du machst ihn wieder ab!

Abends, wenn es dunkel wird, gehe ich durch das Dorf spazieren, bis zur Kirche und zurück. Die Straßen hier haben keine elektrische Beleuchtung, man ist auf das Licht der Fenster am Weg angewiesen und darf nicht von der bekannten Route abweichen: Zwei Schritte nach links und man ist für immer im Busch verschwunden. Auf dem Rückweg benutze ich Herrn Köpkes Adventskranz als Leuchtturm.

Trotz der fehlenden Straßenlaternen und Fußgänger hat das Dorf sehr gute Augen. Es gelingt einem selten, über die Straße zu schlendern, an fremden Häusern vorbei, ohne Aufsehen zu erregen. Ein Paradox: Die Augen des Dorfes sind scharf, während die Augen der Großstadt blind sind. Das Phänomen der Großstädte ist jung, die Menschen haben es noch nicht richtig drauf, in der Menge zu leben und andere Menschen nur als fremde Rücken in der Straßenbahn wahrzunehmen. Tausende von Jahren waren Menschen Gartenwesen und lebten in kleinen Kommunen und Gemeinden, wo jeder jeden kannte. Man wusste, was man von seinem Nachbarn links oder rechts zu erwarten hatte. Von der Geburt bis zum letzten Atemzug verbrachte man sein Leben in der Öffentlichkeit. Deswegen lesen sich die alten Bücher, beispielsweise das Alte Testament, zum großen Teil wie eine Familiensaga, in der sehr aufwendig berichtet wird, wer mit wem zusammenkam, welches Kind dabei gezeugt wurde, und was aus diesem Kind später geworden ist.

Erst mit der Industrialisierung entstanden die Großstädte und damit die Möglichkeit, sich in der Masse zu verlieren, sich hinter den Mauern und Wänden kleiner Wohnungen vor den Nachbarn zu verstecken, die Fenster zu schließen und schwere Gardinen aufzuhängen, damit niemand mitbekam, was hinter diesen Gardinen los war. In der Großstadt kommen die Menschen mit Neuem und Unbekanntem klar, für sie ist schließlich jeder Tag und beinahe jeder Fußgänger neu und unbekannt. Auf dem Land wehren sich die Menschen dagegen mit Händen und Füßen gegen alles Neue, seien es Eisenbahn, Flugplatz oder Schweinefarm. Das Neue wird als Angriff auf bereits Bestehendes begriffen.

Glücklitz wehrte sich bislang gegen alle derartigen Angriffe. Egal mit welchen Vorschlägen die Außenwelt nach Glücklitz kam, die Glücklitzer waren immer dagegen. Die Russendisko war eine Ausnahme. Für diesen Spaß waren sie zu haben. Aber jeder andere Versuch, die Idylle des Landlebens zu stören, scheiterte bis jetzt. Einmal wollte ein Tierzüchter aus Dänemark in der Nähe des Glücklitzer Sees eine Schweinemastfarm für 50 000 Schweine errichten. Er versprach, die Natur nicht nachhaltig zu schädigen und nur ökologische Schweine zu mästen. Die Glücklitzer liefen dennoch Sturm gegen das Projekt. Sie sammelten Unterschriften gegen die »Schweineheuschrecken des dänischen Kapitals«. »Wir sind friedliche und geduldige Menschen«, schrieben die Glücklitzer in einem offenen Brief an die Bezirksverwaltung, »doch wenn 50 000 Schweine täglich an einem Ort koten, sitzen wir tief in der Scheiße. Ganz egal wie ökologisch sie es tun, es wird trotzdem eine Menge von hochgiftigem Zeug anfallen, das außerdem noch schlecht riecht. Wir werden nicht zulassen, dass unsere kleine heile Welt untergeht.«

Mit der Zeit wurden immer neue Argumente gegen die Schweine des Kapitals ins Spiel gebracht, die sich in immer strengere Auflagen für die Farm verwandelten, bis der dänische Schweinekapitalist nachdenklich wurde. Bei so viel Widerstand überlegte er es sich schließlich anders und zog mit seiner Farm weiter in die Steppe nach Mecklenburg-Vorpommern, wo die Menschen träge und nicht so leicht aus der Fassung zu bringen sind. Wegen ein paar Schweinchen machen sie dort keinen Aufstand.

Doch die Außenwelt wollte Glücklitz nicht in Ruhe lassen. Kaum war der Angriff der Schweine abgewehrt, kamen die Technotänzer. Ein windiger Geschäftsmann wollte seine berühmten Technopartys auf einer Glücklitzer Wiese veranstalten, zwischen Wald und See. Die Party sollte als Geheimtipp in der Szene für großes Aufsehen sorgen. Auf krummen Wegen hatte der Veranstalter sogar eine amtliche Erlaubnis für sein Konzept bekommen. Drei Tage und drei Nächte durfte man nun tanzen bis zum Umfallen, zwischen Sonne, Wasser und Gras am Ende der Welt neben der Ziegelsteinruine, wo es keine Polizei und keine Nachbarn gab, die einem ständig die Musik leiser drehen wollen. Tausende Raver aus dem ganzen Land wurden zu dem Event erwartet. Der aber wurde aus technischen Gründen vorzeitig abgebrochen, denn gleich in der ersten Nacht fuhr der von Herrn Köpke und den anderen Dörflern engagierte Landwirt aus dem Nachbardorf um vier Uhr früh auf einem Traktor mit Anhänger um den Geheimtipp herum und verteilte zwei Tonnen Gülle, die bestialisch stank. Die Musikliebhaber hatten keine Gasmasken, sie waren auf eine solche Entwicklung nicht vorbereitet gewesen und ergriffen die Flucht. Zurück blieben viele leere Cola- und Jägermeister-Fläschchen – angeblich das Lieblingsgetränk der Technoszene – sowie viele gefährliche Piercingteile im Gras. Ich habe mich zwei Monate später auf der Wiese an der Ferse geschnitten, weil ich in ein verlorenes Piercingteil getreten war.

Für die größte Unruhe im Dorf sorgte aber das Projekt der Verschönerung der sogenannten Glücklitzer Allee, der einzigen Straße, die nach Glücklitz führt. Diese Allee war sehr eng, kurvig und voller Löcher. Autos konnten hier nicht einfach aneinander vorbeifahren, eines musste immer ausweichen. Ich bin stets davon ausgegangen, dass diese Straße extra nicht repariert und in möglichst schlechtem Zustand gehalten wurde, damit keine Raser durchs Dorf fuhren. Viele Autofahrer, die nach Brandenburg kommen, denken, dies sei nun die Prärie, und fahren wie die Verrückten. Die Dorfbewohner haben sogar selbst in Handarbeit eine Art Verkehrsschild angefertigt, ein rundes, grün bemaltes, mit Blümchen und Kindern dekoriertes Zeichen, auf dem klar und deutlich steht »Glücklitz wählt 30!«. Doch viele Raser und Motorradfahrer pfeifen darauf, was Glücklitz wählt. Trotz ihrer Fahrweise sind die Raser nämlich leider intelligent genug, um handgemachte Verkehrsschilder von amtlichen zu unterscheiden.

Offiziell gilt die Glücklitzer Durchfahrtsstraße als »Allee«, man darf sie mit 80 km/h passieren, und wenn man am ersten Haus vorbeifährt, ist der Bremsweg länger als das ganze Dorf. An manchem sonnigem Wochenende kommen ganze Kolonnen von Motorradfahrern vorbei, und mit den Jahren werden es immer mehr. Auf ihren fetten lauten Fahrzeugen summen sie wie hungrige Bienen durch die Gegend, bis die Hunde heiß werden und die Hühner am Eierlegen verzweifeln. Und jetzt sollte zu allem Unglück auch noch die Glücklitzer Allee breiter und platter gemacht werden.

Wie weit kann ein kleines Dorf gehen, um sich gegen die laute, stinkende Außenwelt zu wehren? Die Unabhängigkeit der kleinen Kommunen hängt in Deutschland immer an einem seidenen Faden. Wird eine kleiner, als die Polizei erlaubt, wird sie quasi automatisch in eine größere eingemeindet. Die Gefahr der Eingemeindung hängt schon lange über den Glücklitzer Gärten. Die größeren Kommunen mit den slawisch klingenden Namen im Umkreis des Dorfes würden Glücklitz gerne schlucken, zumal sie alle aus Tradition verschuldet sind und Glücklitz nicht, weil die Glücklitzer sehr sparsame Menschen sind, schon weil sie sich nicht entscheiden können, was sie wollen. Das Dorf ist in den letzten Jahren kleiner und der Friedhof etwas größer geworden. Es ist also nur eine Frage der Zeit – früher oder später wird Glücklitz eingemeindet werden. Dann ist das Geld, das

Glücklitz über Jahre hin sparte, für immer futsch. Das Bezirksamt machte den Glücklitzern daher bereits klar, dass es genau jetzt höchste Zeit wäre, das Geld auszugeben, es für etwas Sinnvolles zu verbrauchen, zum Beispiel für die Verbesserung der Straße, also der Glücklitzer Allee, die über fünf Kilometer bis zum nächsten Dorf führte.

Die Glücklitzer waren bei dieser Entscheidung zutiefst gespalten. Zum einen wäre es gar nicht schlecht, eine bessere Straße zu haben, denn jeder Dorfbewohner nutzte sie beinahe täglich, um einzukaufen oder zur Arbeit zu fahren. In ihrem bisherigen Zustand macht die Allee aus jedem Auto Schrott. Andererseits hatten die Glücklitzer Angst, die Verbesserung und Verbreiterung der Straße würde noch mehr Raser und Motorradfahrer ins Dorf locken. Bis zuletzt zeigten sich die Glücklitzer unentschlossen. Die Einwohner, deren Fenster direkt auf die Glücklitzer Allee gingen, fingen an, Unterschriften gegen den Ausbau zu sammeln. Die Einwohner, deren Fenster zum See oder zum Wald gingen, unterschrieben dagegen nicht. Am Ende setzten sich alle Parteien an einen runden Tisch und handelten wie in Deutschland üblich einen Kompromiss aus, der allen nutzen sollte. Die Straße wurde repariert, schicker und breiter gemacht, aber nur bis zur Hälfte. Auf diese

Weise wurden zwei Fliegen mit einer Klappe geschlagen. Zum einen gab man das Geld der Kommune für einen guten Zweck aus, zum anderen war die natürliche Barriere, die Raser und große Fahrzeuge von Glücklitz fernhalten soll, geblieben. Als ich von dieser Entscheidung erfuhr, konnte ich mir das Gesicht des Motorradfahrers vorstellen, der mitten zwischen Maisfeldern auf einer Allee vor einem großen Loch stehen blieb, in Richtung Dorf blickte und laut in die Stille sagte, was für weitsichtige und kluge Menschen die Glücklitzer doch waren.

Durch die Verbesserung der Straße wurde das Selbstwertgefühl des Dorfes deutlich gehoben. Die zur Hälfte reparierte Allee wirkt gleichzeitig einladend und abweisend. Wer unbedingt nach Glücklitz gelangen wollte, würde es schaffen, die anderen leichtsinnigen Touristen müssten sich mit anderen Sehenswürdigkeiten Brandenburgs begnügen. Meine Gäste haben uns bis jetzt immer gefunden, obgleich sich jeder über die Straße und das Fehlen einer genauen Adresse beschwert. Ich habe jedem Besucher die Kirche als Orientierungshilfe empfohlen und ihn von dort abgeholt. Sie ist das einzige Gebäude in Glücklitz, das von Weitem sichtbar ist.

Viele unserer Berliner Freunde und ehemaligen Schrebergartennachbarn haben inzwischen ebenfalls einen Garten draußen in der Wildnis. Manche haben sich für ein Leben auf dem Land entschieden und sind aus der Stadt ausgezogen. Frau Krause, die Heilerin, Anwältin und Schrebergartenbesitzerin, hatte ein Pferd geerbt. Dieses Pferd passte weder in ihre Wohnung noch in ihren Schrebergarten, sie wollte es aber unbedingt behalten. Also zog sie mit all ihren Tieren, Hunden, Kindern und einem Kanarienvogel, der an den Folgen eines Schlaganfalls litt und deswegen nur nach links fliegen konnte, aufs Land. Sie kaufte auf Kredit ein altes Haus in der Nähe von Bernau und besorgte für ihr Pferd noch eine Stute, damit sich die Tiere nicht langweilten. Wie Amazonen reiten Frau Krause und ihre Tochter nun um Bernau herum und machen die Bevölkerung in der Gegend unsicher.

Eine andere Freundin mit Schrebergartenerfahrung zog, wie gesagt, kürzlich in ein Dorf namens Himmelpfort. Dorthin schicken alle Kinder Deutschlands und sogar manche Erwachsene ihre Wunschzettel für den Weihnachtsmann. Die Freundin erzählte uns, ihr ganzes Dorf stecke ganzjährig in einer ehrenamtlichen Arbeitsbeschaffungsmaßnahme – es beantworte die an den Weihnachtsmann gerichteten Briefe. Natürlich könnte man diese Arbeit automatisieren und einen Roboter oder noch besser ein Computerprogramm damit beauftragen. Dann würden die Kinder immer die gleiche korrekte Antwort vom Weihnachtsmann bekommen:

»Liebes Kind, vielen Dank für Deine Anfrage, bin zurzeit leider nicht im Büro, werde Deine Wünsche bei der ersten Gelegenheit an die Himmelskanzlei weiterleiten. Dein Weihnachtsmann.«

Aber nein, das wäre für die Einwohner von Himmelpfort zu einfach. Die Antworten werden per Hand geschrieben und bei Uwe im *Spätkauf* abgegeben. Uwe ist so etwas wie der Hauptweihnachtsmann des Dorfes. Er hat die einzige Kneipe im Ort, die »Bei Uwe« heißt, dazu das einzige Geschäft – *Uwes Spätkauf* –, und er kontrolliert auch die Weihnachtsmann-Post.

Unsere Freundin hat sich in diese Arbeit bereits integriert, sie erzählt begeistert, wie klug und zukunftsorientiert die meisten Kinderwünsche seien. Wer denkt, Kinder würden sich nur Quatsch wünschen und Süßigkeiten oder Spiele für sich bestellen, der irrt. Mit solchen Kleinigkeiten geben sich Kinder längst nicht mehr zufrieden. Viele von ihnen wollen beispielsweise ewig jung bleiben. Sie bitten den Weihnachtsmann, der Wissenschaft zu helfen, endlich eine Tablette gegen das Altern und den Tod zu erfinden, damit niemand mehr sterben muss. Wenn es zu eng auf der Erde werden sollte, weil niemand mehr stirbt, solle der Weihnachtsmann den Menschen ermöglichen, fremde Planeten zu entdecken, die sich gut zum Leben eignen und Wälder, Seen und Gärten haben. Außerdem soll auf unserem Planeten niemand hungern. Es wäre daher vom Weihnachtsmann ganz vernünftig, wenn er sich auch in dieser Sache etwas einfallen lassen würde, eine Nahrungsart, die einen auf einmal für viele Jahre satt macht beispielsweise.

Was konnte Weihnachtsmann Uwe auf diese Briefe antworten? Was schrieb er an diese Armee hundert Jahre alter Zwölfjähriger, die niemals hungern und sich mit atemberaubender Geschwindigkeit in fremden Galaxien ausbreiten wollen? Nein, lieber in Brandenburg alt werden, statt ewig jung auf einem fremden Planeten, meinte unsere Freundin aus Himmelpfort.

Aus Berlin kommen häufig Frau Müller und ihre drei Freundinnen zu uns auf Besuch. Sie laufen sofort als Erstes Schwäne gucken. Neben der alten Ziegelei am verwilderten Ufer des Glücklitzer Sees haben sich zwei ein Nest gebaut. Ich glaube, sie sind aus dem Nachbardorf geflohen. Dort ziehen jede Woche Touristengruppen vorbei, es gibt drei Seen, und die Gemeinde bemüht sich sehr, die Natur unter Kontrolle zu halten. Überall hat man selbst gebastelte Verbotstafeln in die Landschaft gestellt, um den Menschen klarzumachen, was sie alles nicht dürfen. Die meisten Verbote kreisen um die Themen »Nicht klettern« und »Füttern verboten«. Auf dem letzten Schild ist sehr realistisch ein durchkreuzter Schwan abgebildet.

Die Vögel sind nicht dumm. Selbst wenn sie nicht lesen können, verstehen sie die Zeichen gut. Wahrscheinlich dachten die zwei Schwäne, die gesetzestreuen Deutschen würden sie verhungern lassen, und siedelten zu uns über. Hier stört sie keiner. Und wenn uns Frau Müller mit ihren Freundinnen besuchen kommt, gehe ich mit ihnen Schwäne füttern.

Diese Frauen haben in gewisser Weise ihre Laufbahn selbst als Schwäne angefangen. Frau Müller kennen wir seit bald zwanzig Jahren. Sie ist ungeheuer biegsam und könnte sich, wenn sie es wollte, mit dem großen Zeh des rechten Fußes am Hinterkopf kratzen. Das macht sie natürlich nicht, um die Menschen nicht zu erschrecken. Aber die Grazie, mit der sie sich bewegt, lässt sofort die ehemalige Ballerina erkennen. Auch ihre Freundinnen Stella, Natella und Leila waren Balletttänzerinnen. Sie stammen alle aus der gleichen Stadt, aus Baku, der einstigen Hauptstadt der sozialistischen Republik Aserbaidschan, wo alle vier die Ballettschule besuchten.

Baku war zwar sozialistisch, aber schon damals eine stark durch die Sitten der Muslime geprägte Region.

Männer schätzten bei Frauen nicht in erster Linie die Schönheit oder Fröhlichkeit, die Jungfräulichkeit war ihnen das Wichtigste. Diese Männer hatten von Frauenrechten nie etwas gehört. Jedes Mädchen war verpflichtet, bis zur Hochzeit und auch danach lange Röcke zu tragen und stets zu Boden zu schauen. Es durfte nicht einmal in der Öffentlichkeit lächeln. Wer Zähne zeigte, wurde als Nutte abgestempelt. Es gab keine Diskotheken und keine Klubs, und in den Kinos ging das Licht im Saal niemals aus.

Die Ballettschule, die dem Theater gehörte, war in dieser strengen schwarzen Stadt ein kleiner Tunnel, der zum Licht führte. Frau Müller und ihre drei Freundinnen liebten das Ballett. Sie tanzten jeden Tag nach der Schule auf der großen Bühne des Theaters. Allerdings haben die jungen Frauen es nie zu einer großen Solokarriere gebracht. Die eine war etwas zu mollig, die andere konnte nicht hoch genug springen, bei der dritten waren die Beine vielleicht einen Millimeter zu kurz und bei der vierten die Brüste etwas zu umfangreich. Der Höhepunkt ihrer Karriere war der Tanz der kleinen Schwäne im Schwanensee. Frau Müller war der zweite von rechts.

Auf der anderen Seite der Stadt befand sich die Internationale Akademie der Kriegsmarine. Dort wurden die zukünftigen Marineoffiziere aus den Ländern des sozialistischen Lagers ausgebildet, unter anderen mehrere Deutsche aus der ehemaligen DDR. Die DDR war nicht nur der verlängerte Arm des sowjetischen Regimes, ein Vorposten der Russen in Europa, sie war nebenbei auch ein unabhängiger Staat mit Zugang zum Meer und einer eigenen Kriegsmarine mit schweren Kreuzern, U-Booten und dazugehörigen Kapitänen, die in Baku ihre Ausbildung absolvierten. Am Wochenende saßen die Jungoffiziere ratlos vor ihrer Kaserne und wussten nicht, wohin mit sich. Die Gürtelschnallen glänzten, die Schuhe ebenfalls, die Uniform, die wie angegossen saß, machte besondere Menschen aus ihnen. Von der Leitung der Akademie bekamen sie zwar Ausgang in die Stadt genehmigt, doch die Aussicht, wieder nur allein am Ufer spazieren zu gehen und später in der Kantine Tee zu trinken, war frustrierend. Zum Teetrinken war die Uniform einfach zu schade.

Mehr aus Verzweiflung denn aus Interesse an der Kunst landeten so vier ostdeutsche Offiziere der Kriegsmarine in einer Schwanensee-Aufführung des Balletttheaters von Baku und verliebten sich auf der Stelle in die kleinen Schwäne. Die kleinen Makel der Frauen, die sie an einer Solokarriere auf der Bühne hinderten, gefielen den Offizieren besonders gut. Sie heirateten die vier kleinen Schwäne und nahmen sie mit nach Deutschland. In der DDR wurden die jungen Offiziersfamilien in Bad Sülze einquartiert, einem kleinen Kaff in der Nähe von Rostock. Bad Sülze hatte, wie der Name schon ahnen lässt, nichts mit Ballett am Hut. Das Tanzen gehörte ab sofort der Vergangenheit an, aber die Schwäne zeigten große Tapferkeit. Aus Erfahrung weiß man, dass Frauen sich neuen Lebensbedingungen besser anpassen können als Männer – sie sind flexibler und toleranter. Sie machen weniger Ärger, vielleicht leben sie deswegen auch länger. Die Schwäne suchten also nach einer neuen Arbeit in dieser neuen Welt. Wenige Monate nach ihrer Umsiedlung ging die DDR dann allerdings wie ein abgeschossenes U-Boot für immer unter und fiel auseinander.

Die jungen NVA-Offiziere mussten sich nun ebenfalls einen neuen Job suchen, umschulen und sich an die neuen Anforderungen anpassen. Der eine wurde Polizist, der andere Zollfahnder, der dritte kam als Sicherheitsexperte bei der deutschen Botschaft in der Ukraine unter, und der vierte wurde Fähnrich bei der Bundeswehr. In den Irrungen und Wirrungen dieser postsozialistischen Zeit, in der alle alten Werte vermischt wurden und man neu definierte, wen man füttern und wohin man klettern durfte, zerbrachen viele Familien. Man hatte das Gefühl, die ganzen Verpflichtungen und Zugeständnisse von früher zählten nichts mehr. Mit den neuen Jobs hatten die ehemaligen NVA-Offiziere andere, besser zur neuen Zeit passende Frauen kennengelernt. Der Polizist verliebte sich in seine Polizeichefin, der Zollfahnder ganz romantisch in eine vietnamesische Zigarettenverkäuferin, der Sicherheitsexperte in eine Mitarbeiterin der deutschen Botschaft in der Republik Ukraine. Diese Mitarbeiterin war eine Einheimische mit sehr tiefem Ausschnitt. Sie beugte sich jeden Morgen tief über das Personalbuch, in dem sie eine Unterschrift zu leisten hatte. Der Sicherheitsexperte saß währenddessen neben der Schranke und beobachtete die Lage. Der wichtigste Teil der Arbeit eines Sicherheitsexperten ist, die Lage zu beobachten und scharf zu beurteilen. Er hat also auftragsgemäß den Ausschnitt genau beobachtet und scharf geurteilt – und schon war es um ihn geschehen. Der Fähnrich wiederum verlor sein Herz an eine junge Rekrutin.

Nicht einmal zehn Jahre nach der Wiedervereinigung waren so alle kleinen Schwäne alleinerziehend. Sie haben sich aber inzwischen in der neuen Realität gut eingelebt. Alle haben einen Job, verdienen genug Geld, und einige haben auch neue Lebenspartner gefunden. Die Vergangenheit soll vergessen sein, die dummen Tänze, die naiven Träume von damals. Nur wenn sie einmal im

Monat zu uns nach Glücklitz herausfahren, zum See hinunterlaufen und die Schwäne füttern, kommt die Vergangenheit wieder hoch. Dann stehen sie stundenlang am Ufer und reden schlecht über deutsche Männer.

Ewiges Weihnachten

In der dunklen Jahreszeit glüht der Glühweintourismus in ganz Deutschland auf, besonders aber im Norden des Landes. Zwischen dem zweiten und dritten Advent hatte ich Auftritte im Nordwesten des Landes, wo sich alle Städte in Weihnachtsmärkte verwandelt hatten und die Hotels ausgebucht waren von nach Zimt und Alkohol duftenden Glühweintouristen. Es gab sie in Gruppen und als Einzelpersonen, als Familien oder als Rentnervereine. Manche blieben nur einen Tag, andere fuhren mit ihrem Glühweinbus einfach die Küste entlang, klapperten alle Weihnachtsmärkte ab und verglichen die unterschiedlichen Glühweine in der Region.

Was für eine irre Welt, dachte ich. Wie kann ein Getränk die Menschen dermaßen stark in seinen Bann ziehen? In Kiel waren es die Schweden, in Lübeck stürmte eine dänische Marzipangesellschaft buchstäblich die Läden auf dem Weihnachtsmarkt, in Rostock fing ich sogar an, Dänisch zu verstehen. In Münster waren es die

Holländer. Angeblich war Glühwein in Holland noch teurer als in Deutschland. 8,50 Euro mit Pfand. Eine Gruppe von Mitvierzigern saß abends an der Hotelbar in Münster, die Männer trugen Pullover mit aufgestickten Hirschen und diskutierten laut und hingebungsvoll die Vorzüge und Preise der Glühweine auf den Weihnachtsmärkten Westfalens.

Ich hatte nach einer Lesung in Münster nichts zu tun, setzte mich an die Bar, den Holländern gegenüber und bestellte mir aus Protest gegen den Glühwein einen doppelten Whiskey. Eine ganze Stunde stritten sie sich über Glühweine. Die Meinungen der Verkoster gingen stark auseinander, und manchmal wurde die Debatte sehr emotional. Die Holländer sprangen beinahe von den Barhockern, dann begannen sich die Hirsche auf ihren Pullovern zu bewegen, bildeten Rudel oder zuckten mit ihrem Geweih. Ich bestellte mir noch einen doppelten. Der Glühwein macht mit den Menschen, was er will. Anscheinend tranken die Holländer den süßen warmen Wein mit Schuss, das konnte unter Umständen ziemlich knallen.

Nach einer weiteren Stunde hatte ich von dieser Hirschwanderung die Nase voll, trank meinen Whiskey aus und ging aufs Zimmer, um Fernsehen zu gucken. Mal schauen, was uns das besinnliche Weihnachtsprogramm bringt, dachte ich, Hauptsache keine Hirsche. Wenn ich noch einen Hirsch sah, würde ich anfangen zu röhren. Nicht ohne Zögern schaltete ich das Gerät an. Keine Hirsche, Gott sei Dank. Stattdessen erwischte ich eine Sendung, in der mein guter Freund, der berühmte deutsche Schauspieler Jan Josef, ein mit Marmelade beschmiertes Toastbrot auf den Boden warf. Der Sinn der Übung war es, Kindern zu zeigen, warum das Brot häufiger mit der Marmeladenseite auf dem Boden landete, manchmal aber auch nicht. Es war eine anspruchsvolle wissenschaftliche Sendung für die späte Stunde, es ging um Schwerkraft, Fallhöhe und die Wahrscheinlichkeitstheorie. Die Brote flogen mal so und mal andersherum zu Boden, und je mehr Brote herunterfielen, desto komplizierter schien das Ganze. Den Kindern war es aber eigentlich egal, sie freuten sich und nickten aus Höflichkeit, als würden sie alles verstehen. Nur Jan Josef wirkte etwas verwirrt. Ich machte mir Sorgen um ihn und schaltete um.

Im nächsten Programm fand ich Jan Josef eingesperrt in einem Keller, diesmal als Tatort-Kommissar. Er saß auf einem Fitnessbike und versuchte, in dieser Notlage fit zu bleiben. Sein Kompagnon, der andere Kommissar, meckerte die ganze Zeit, sie würden im Keller noch verhungern. Ach, hättest du bloß die Marmeladenbrote aus dem anderen Programm mitgenommen, dann wärst du jetzt auf der sicheren Seite, dachte ich und schaltete ein Programm weiter.

Dort saß Thomas Gottschalk sehr nachdenklich in irgendeiner Quizsendung.

»Ich kenne die Antwort auf diese knifflige Frage nicht«, sagte Gottschalk. »Und deswegen rufe ich jetzt meinen Freund Jan Josef an.«

Ha!, dachte ich, der wird nicht rangehen. Er sitzt doch im Keller, ein Programm weiter von dir, und im Keller hat er kein Netz. Mit etwas Glück könntest du ihn im anderen Programm beim Marmeladenbroteschmeißen noch erwischen.

Gottschalk rief Jan Josef an, und Jan Josef sagte, er würde gerade kochen. Ich hielt es zwar für eine Übertreibung, Marmeladenbrote zu schmieren gleich als kochen zu bezeichnen, schaltete jedoch gleich zurück, um mich zu vergewissern, dass Jan Josef wirklich telefonierte. Er telefonierte nicht. Er schmiss weiter Marmeladenbrote und saß im Keller. War das etwa ein anderer Jan Josef, überlegte ich. Hatte ihn das Fernsehen geklont?

Als Kind hatte ich mich immer gewundert, wie die Menschen aus dem Fernseher mit uns wanderten. Das erste Mal erlebte ich dieses Phänomen bei einem Jahreswechsel: Kurz vor Silvester wurde in der Sowjetunion immer derselbe Film gezeigt, *Ironie des Schicksals oder Mit leichtem Dampf.* Dabei saßen mehrere Männer in einer Sauna und tranken Bier.

Meine Mutter sagte: »Komm, wir gehen zu Tante Tatjana und stoßen auf das neue Jahr an, sie hat uns eingeladen.«

Der Weg zu Tatjana dauerte zwanzig Minuten. Etwas unwillig schaltete ich den Fernseher aus und begleitete meine Mutter. Bei Tante Tatjana war der Fernseher an, und dieselben Männer saßen in der Sauna und tranken Bier. Als Kind konnte ich das nicht verstehen. Woher wussten sie, dass wir zu Tante Tatjana gingen? Mussten sie sich an- und wieder ausziehen?

Heute weiß ich natürlich, dass wir alle dasselbe Programm gesehen haben, das ist ja auch der Sinn des Fernsehens, dass alle das Gleiche schauen und dementsprechend auch das Gleiche wissen. Das unterscheidet dieses Medium vom Internet. Aber in der Sowjetunion hatten wir alle mehr oder weniger nur ein Programm, während es im heutigen Deutschland mehrere Dutzend sind, die trotzdem alle dasselbe zeigen. Möglicherweise werden diese Sendungen im Voraus aufgezeichnet und tatsächlich bereits im November, wenn nicht sogar im September gemacht. Man kann Weihnachten immer nachstellen und einfach ein paar Sterne als Deko und einen Tannenbaum ins Studio bringen. Nadelbäume sind ewig grün, im Sommer wie im Winter, dachte ich und schlief ein.

Ich träumte einen merkwürdigen Traum in Münster, in dem Jan Josef, Gottschalk und ich auf Hirschen durch die schneelose Landschaft Westfalens ritten. Jeder hatte ein Marmeladenbrot und einen Glühwein für 8,50 Euro mit Pfand in der Hand. Es war superanstrengend, die Hirsche schaukelten wie wild, ich hatte große Mühe, den Glühwein nicht zu verschütten, und fragte Gottschalk verzweifelt, wie ich dieses Tier wieder zum Stehen bringen sollte?

»Ich weiß es nicht«, sagte er. Aber er rufe jetzt seinen Freund Jan Josef an.

»Den kannst du nicht anrufen«, schrie ich, »er reitet doch auch hier neben uns im Programm!«

Am nächsten Morgen wachte ich auf und ging hinunter zur Hotelbar. Ich wollte mich vergewissern, ob die Holländer noch dort saßen. Die Bar war zu, die Holländer längst weitergeritten zum nächsten Weihnachtsmarkt. Ich setzte mich ins Auto und verließ eilig Münster, eine Stadt, in der es immer regnete. Zu Hause in Berlin angekommen, bekam ich die Einladung von Jan Josef und seiner reizenden Frau Anna, sie zum Weihnachtsbaumschmücken zu besuchen. Die beiden schauspielern das ganze Jahr, zu Hause sammeln sich in der Zwischenzeit Champagner-Magnumflaschen in Mengen an, aber sie haben nie Zeit, sie zu trinken. Am Ende des Jahres laden sie Freunde und Familie ein, um gemeinsam die Champagner-Balance des Jahres wiederherzustellen. Das nennt sich bei ihnen »Weihnachtsbaumschmücken«. Ich fragte Jan Josef, wie es möglich war, dass er gleichzeitig auf mehreren Kanälen erschien, und wie schnell er rennen musste, um von einem Studio ins nächste zu gelangen.

»Ach was«, sagte er, »die Marmeladenbrote haben wir im Sommer geschmissen, ein paar Sterne ins Studio gehängt, den Tannenbaum hingestellt, der ist ja ewig grün im Sommer wie im Winter, und zu den Kindern gesagt: ›Kinder! Wollt ihr ins Fernsehen? Dann stellt euch vor, es wäre jetzt schon Weihnachten.‹ Den Kindern ist es egal, wann die Marmeladenbrote geschmiert werden, sie sind immer gut drauf. Sie haben das ganze Jahr über Weihnachten, bis sie erwachsen sind«, sagte Jan Josef.

Fasziniert von der Klugheit des Lebens tranken wir den ganzen Champagner aus und wünschten einander viel Glück.

Quellenhinweise

Was taugen junge Weihnachtsmänner gegen das alte Väterchen Frost
Aus: *Ich mache mir Sorgen, Mama.* Wilhelm Goldmann Verlag, München, 2004.

Stirb langsam
Aus: *Liebesgrüße aus Deutschland.* Wilhelm Goldmann Verlag, München, 2011.

Deutscher Stollen russischer Prägung
Aus: *Rotkäppchen raucht auf dem Balkon.* Wilhelm Goldmann Verlag, München, 2020.

Überstunden in Berlin
Aus: *Einige Dinge, die ich über meine Frau weiß.* Wilhelm Goldmann Verlag, München, 2017.

Der Kremlweihnachtsmann
Aus: *Salve Papa!* Wilhelm Goldmann Verlag, München, 2008.

Der Schneeberg
Aus: *Goodbye, Moskau.* Wilhelm Goldmann Verlag, München, 2017.

Mein Vater als Geschäftsmann
Aus: *Ich mache mir Sorgen, Mama.* Wilhelm Goldmann Verlag, München, 2004.

Freche Früchtchen unterwegs
Aus: *Ich mache mir Sorgen, Mama.* Wilhelm Goldmann Verlag, München, 2004.

Russische Weihnacht
Aus: *Liebeserklärungen.* Wilhelm Goldmann Verlag, München, 2019.

90 Sekunden vor dem Weltuntergang – Tschaikowsky
Aus: *Frühstück am Rande der Apokalypse.* Wilhelm Goldmann Verlag, München, 2023.

Sankt Martin
Aus: *Ich mache mir Sorgen, Mama.* Wilhelm Goldmann Verlag, München, 2004.

Wie Russen Weihnachten feiern
Aus: *Meine russischen Nachbarn.* Wilhelm Goldmann Verlag, München, 2009.

Menschen unter Tannenbäumen
Aus: *Helden des Alltags.* Wilhelm Goldmann Verlag, München, 2002.

Das Christkind retten
Aus: *Meine Mutter, ihre Katze und der Staubsauger,* Wilhelm Goldmann Verlag, München, 2016.

57 Haselnüsse für Aschenbrödel
Aus: *Die Wellenreiter.* Wilhelm Goldmann Verlag, München, 2021.

Wintersport
Aus: *Ich mache mir Sorgen, Mama.* Wilhelm Goldmann Verlag, München, 2004.

Unser Schwanensee
Aus: *Diesseits von Eden – Neues aus dem Garten.* Wilhelm Goldmann Verlag, München, 2013.

Folgende Geschichten wurden exklusiv für diese Anthologie verfasst
Der Weihnachtsbaum aus Berlins Kifferwald
Stille Weihnacht
Ewiges Weihnachten

Wladimir Kaminer wurde 1967 in Moskau geboren, wo er eine Ausbildung zum Toningenieur für Theater und Rundfunk absolvierte. Seit 1990 lebt er in Berlin. Er selbst sieht sich als Weltbürger und sagt, er sei privat Russe, beruflich deutscher Schriftsteller. Mit seiner Erzählsammlung »Russendisko« sowie zahlreichen weiteren Bestsellern avancierte er zu einem der beliebtesten und gefragtesten Autoren Deutschlands. Er ist auch journalistisch tätig, verfasst Artikel für Zeitungen und Zeitschriften und geht mit *Kaminer Inside* für 3sat auf immer neue Entdeckungstouren, um Menschen im In- und Ausland kennenzulernen oder einen Blick hinter die Kulissen bekannter Gebäude zu werfen.
Alle Bücher von Wladimir Kaminer gibt es auch als Hörbuch, von ihm selbst gelesen.

Weitere Informationen zu Wladimir Kaminer finden Sie unter www.wladimirkaminer.de.

Von Wladimir Kaminer lieferbar:

Russendisko. Erzählungen • Militärmusik. Roman • Schönhauser Allee. Erzählungen • Die Reise nach Trulala. Erzählungen • Mein deutsches Dschungelbuch. Erzählungen • Ich mache mir Sorgen, Mama. Erzählungen • Karaoke. Erzählungen • Küche totalitär – Das Kochbuch des Sozialismus. Erzählungen • Ich bin kein Berliner – Ein Reiseführer für faule Touristen. Erzählungen • Mein Leben im Schrebergarten. Erzählungen • Salve Papa. Erzählungen • Es gab keinen Sex im Sozialismus. Erzählungen • Meine russischen Nachbarn. Erzählungen • Meine kaukasische Schwiegermutter. Erzählungen • Liebesgrüße aus Deutschland. Erzählungen • Onkel Wanja kommt – Eine Reise durch die Nacht. Erzählungen • Diesseits von Eden – Neues aus dem Garten. Erzählungen • Coole Eltern leben länger. Geschichten vom Erwachsenwerden • Das Leben ist keine Kunst – Geschichten von Künstlerpech und Lebenskünstlern • Meine Mutter, ihre Katze und der Staubsauger – Ein Unruhestand in 33 Geschichten • Goodbye, Moskau – Betrachtungen über Russland • Einige Dinge, die ich über meine Frau weiß. Erzählungen • Ausgerechnet Deutschland. Geschichten unserer neuen Nachbarn • Die Kreuzfahrer. Eine Reise in vier Kapiteln • Liebeserklärungen. Erzählungen • Tolstois Bart und Tschechows Schuhe. Streifzüge durch die russische Literatur • Rotkäppchen raucht auf dem Balkon – und andere Familiengeschichten • Der verlorene Sommer – Deutschland raucht auf dem Balkon. Erzählungen • Die Wellenreiter. Geschichten aus dem neuen Deutschland • Wie sage ich es meiner Mutter. Die neue Welt erklärt: von Gendersternchen bis Bio-Siegel • Frühstück am Rande der Apokalypse • Mahlzeit! Geschichten von Europas Tischen • Das geheime Leben der Deutschen. Erzählungen • Schöne Bescherung – Wladimir Kaminers Wintergeschichten. Anthologie

Sämtliche Titel sind auch als E-Book erhältlich.

MIX
Papier | Fördert gute Waldnutzung
FSC® C014889

Penguin Random House Verlagsgruppe FSC® N001967

1. Auflage
Originalveröffentlichung September 2025

Neumarkter Straße 28, 81673 München
produktsicherheit@penguinrandomhouse.de
(Vorstehende Angaben sind zugleich
Pflichtinformationen nach GPSR.)

Umschlaggestaltung und Konzeption: buxdesign | München
unter Verwendung eines Autorenfotos von Dominik Butzmann
Satz: Buch-Werkstatt GmbH, Bad Aibling
Druck und Bindung: Friedrich Pustet, Regensburg
Printed in Germany
ISBN 978-3-442-31790-5

www.wunderraum-verlag.de